Martin Hirsch a été président d'Emmaüs France puis haut commissaire aux Solidarités actives contre la pauvreté. Il préside l'Agence du service civique et copréside l'Action Tank Entreprise et Pauvreté. Très engagé sur les questions de solidarité sociale, il est l'auteur de plusieurs essais, dont *Sécu : objectif monde. Le défi universel de la protection sociale* (2011) et *Cela devient cher d'être pauvre* (2012).

Martin Hirsch

LA LETTRE PERDUE

Les racines de l'engagement

Stock

TEXTE INTÉGRAL

ISBN 978-2-7578-3776-4
(ISBN 978-2-234-07343-2, 1re édition)

Peut-être le mystère est-il un peu trop clair.

Edgar Allan Poe, *La Lettre volée*

Je ne dis pas, naturellement, que ton action sur moi soit seule cause de ce que je suis devenu. Ce serait exagéré (et je tombe même dans cette exagération). Quand j'aurais été élevé absolument à l'écart de ton influence, il est fort possible que je n'eusse pu devenir un homme selon ton cœur.

Franz Kafka, *Lettre au père*

Prologue

Ce soir du 22 mars 2010, il me faut faire mes cartons. Depuis quelques heures, je sais que c'est bien maintenant que je quitte le gouvernement. D'ici demain matin, je dois avoir fait place nette pour mon successeur. C'est une gageure. Le désordre de mon bureau est légendaire. Je n'ai rien jeté depuis mille jours ; j'y ai accumulé des tonnes de livres, de photos, de dossiers, de notes, de souvenirs. Dans un fatras indescriptible. Je ne sais ni ranger ni jeter. J'ai horreur du désordre, mais trier, classer, se délester est au-dessus de mes forces. Cela s'appelle une névrose. La mienne est envahissante pour mon espace vital comme pour mon esprit. Ce désordre jamais vaincu a quelque chose d'obsédant, à la façon d'une instabilité permanente.

La nuit va être difficile. Tout mettre dans des cartons, tout en relisant le texte de mon interview de départ et en préparant une émission de radio matinale. Je ne fais confiance à personne d'autre pour y faire rentrer mon désordre.

Surtout, il y a dans ce bureau quelque chose de plus précieux que tout. Une lettre qui ne me quitte pas depuis vingt-trois ans. La dernière que m'a écrite mon père. Mon viatique. Il me l'a adressée le jour où je suis entré à l'ENA, non pour me féliciter, mais pour me mettre en garde. Contre l'univers fermé dans lequel j'allais m'engager. Contre la suffisance. Contre les apparences, les jeux de pouvoir, la griserie. Cette lettre a toujours été dans le tiroir de mon bureau, où je l'ai glissée lors de ma prise de fonctions. Elle est restée dans son enveloppe d'origine, avec le cachet de la poste faisant foi. Le timbre a été oblitéré à Dieppe. Mon père devait donc être en week-end à Flainville quand il l'a écrite. J'imagine qu'il s'est mis sur la table blanche du jardin, profitant de quelques minutes sans pluie. Je la relis souvent. Il ne faut pas que je l'oublie. Pour éviter qu'elle ne se noie dans les tonnes de papier, je décide de commencer par elle. Je la sors de son tiroir, la relis une millième fois et je la pose sur la table afin qu'elle ne disparaisse pas dans un carton. Je la glisserai dans ma poche avant de partir. D'ici là, jusqu'à 6 heures du matin, en écoutant la musique d'Antonio Caldara, ou Glenn Gould jouant inlassablement *Le Clavier bien tempéré*, je fais mes cartons, je retravaille l'interview, je vois défiler trois années de travail.

J'envoie rapidement un communiqué à l'AFP pour justifier mon départ, afin qu'aucune autre version que la mienne ne l'entache :

Paris, le 22 mars 2010

À la fin de l'année 2009, je suis allé voir le président de la République et le Premier ministre, pour leur dire que je souhaitais quitter le gouvernement et poursuivre les combats qui me tiennent à cœur, sous d'autres formes. L'un et l'autre m'ont donné leur accord et m'ont demandé de ne pas quitter le gouvernement avant le printemps et les élections régionales.

Ainsi, au cours des trois derniers mois, l'ouverture du

revenu de solidarité active aux jeunes actifs de moins de 25 ans a été adoptée par le Parlement, le chantier du service public de l'orientation a été engagé, de nouveaux programmes expérimentaux ont été lancés en faveur de la jeunesse. Tout récemment, la loi du 10 mars 2010, adoptée dans le plus large consensus, crée le service civique.

Je me suis efforcé de rester clair dans mes engagements et je suis reconnaissant au président de la République et au Premier ministre d'avoir respecté ma singularité et mes convictions et d'avoir soutenu les projets que j'ai portés.

Je suis persuadé qu'on peut, en fidélité à ses convictions et avec loyauté, faire avancer les mêmes idées en exerçant des responsabilités associatives ou des responsabilités publiques, comme haut fonctionnaire ou comme membre du gouvernement. […]

Pour réduire la pauvreté, pour que le revenu de solidarité active produise tous ses effets, pour que les effets pervers qui subsistent encore dans l'articulation des différentes aides et leur conciliation avec les revenus du travail soient éliminés, pour que la jeunesse soit mieux reconnue et puisse tenir toute sa place dans la société, pour que le service civique se déploie, pour que les expérimentations conclusives soient le fondement de réformes réussies, pour que l'implication des entreprises soit réelle dans la lutte contre la pauvreté, pour que la dimension sociale de l'Europe soit concrète, il y a un énorme travail à poursuivre.

Je souhaite continuer à m'investir sur ces sujets comme je le fais depuis quinze ans. C'est au nom de la défense des plus vulnérables que j'ai accepté de rentrer au gouvernement en 2007 et cela a été le fil rouge de l'équipe que j'ai animée, petite équipe qui partage cette passion pour le progrès social et pour la recherche des voies les plus étroites pour faire avancer les grandes causes.

Je me suis efforcé de ne pas changer de cap en entrant au gouvernement, en devenant haut commissaire aux solidarités actives contre la pauvreté et haut commissaire à la jeunesse et en acceptant les fonctions que le président de la République a bien voulu me confier. Je ne changerai pas de cap après. Au gouvernement, je n'ai pas renié mes convictions forgées dans treize ans d'engagement associatif et vingt ans de services publics. En quittant le gouvernement, je ne démissionne pas des engagements et des combats qui m'animent.

Et je poursuis mon travail de nuit. J'entasse. Je déplace. J'amasse. Je ressasse. J'identifie les cartons au marqueur pour les distinguer. Mais, très rapidement, ils sont une bonne dizaine à porter l'indication « Très important. Très personnel », comme si ma vie était contenue dans ces papiers, une sorte d'annexe de mon cerveau. Il y a le grand plan de lutte contre la pauvreté face à la crise dont si peu de mesures ont été retenues. Il y a ces innombrables dossiers qui m'ont été adressés par ceux qui pensent avoir la solution contre le chômage, l'isolement, la détresse, la misère, et que je n'ai pas osé passer à la broyeuse par égard pour les efforts fournis. J'imagine qu'eux aussi ont eu l'impression d'y mettre toute leur vie. Même si les idées exposées sont souvent farfelues, je ne me sens pas autorisé à détruire ces papiers. Il y a des tonnes de journaux – je n'ai pas pu me résoudre au caractère éphémère des quotidiens. Dans le tas, on trouve des références au RSA, des interviews, quelques témoignages. Ils figurent probablement sur le Net, mais ce n'est pas pareil. Alors, je les engouffre dans des cartons et, dans le doute, j'inscris : « Très important. Personnel. À ne pas jeter. » Parfois je m'arrête pour lire un petit mot qui m'a été envoyé, un article consacré à l'une de mes actions. Je ressens cette élasticité du temps qui fait que le même événement peut à la fois paraître s'être déroulé la veille et un siècle plus tôt. Je constate déjà le décalage entre mes souvenirs et la réalité froide. Ces traces de papier, c'est la preuve que l'on n'a pas uniquement rêvé, fantasmé, inventé, reconstruit. Dans ce fatras, je retrouve également des fils de chargeurs de téléphone – combien ont été achetés et rachetés quand l'un d'entre eux était oublié ? –, des cadavres de vieux portables, des centaines de post-it griffonnés, des t-shirts offerts lors de mes déplacements, des babioles improbables, un bâton de ski échoué là après avoir traîné un an dans le coffre de ma voiture, deux vieux ordinateurs dont la mémoire peut encore contenir des fichiers de textes commencés jamais finis, des dizaines de disques. « Personnel. Très important. À ne pas jeter. »

Je me sens bien, seul dans la nuit, à mettre ma vie en cartons, alors que Glenn Gould se démène sur son clavier. À partir de 5 heures, j'accélère la cadence. Plus le temps de faire semblant de trier ou de se noyer dans des lectures, il faut privilégier l'efficacité. Les derniers cartons sont plus hétéroclites encore que les précédents. À 6 heures, mon chauffeur est là. Il monte signaler sa présence. Il prend soin de camoufler sa perplexité devant le spectacle de « son » ministre en bras de chemise au milieu des cartons. Heureusement, il me connaît. Il m'a vu travailler. Il a pu constater que derrière ce côté foutraque, avec mon cabinet, nous savons faire avancer les dossiers et les réformes. Il propose son aide. Ensemble, nous mettons trois cartons dans le coffre de la C6 noire. Nous vivons alors nos toutes dernières heures ensemble. Il me dépose chez moi, le temps que je monte ces kilos de papier, que je prenne une douche, que je me compose une attitude et qu'il m'emmène affronter les questions du journaliste qui m'a invité ce matin-là pour évoquer les conditions de mon départ du gouvernement.

À 8 h 30, nous sommes de retour au bureau. La matinée est consacrée à s'enquérir de la situation de chacune et de chacun. Nous y étions tous préparés puisque l'équipe savait que j'avais demandé à partir depuis plusieurs mois déjà, mais il est toujours difficile de basculer dans le moment où la fin devient réelle. Les embrassades se succèdent. En début d'après-midi, il faudra procéder à la passation des pouvoirs et enchaîner tout de suite sur le travail suivant. Pas question de s'arrêter, ne serait-ce qu'une demi-journée. Ce serait trop angoissant.

C'est le soir même que je m'inquiète de mettre la lettre dans un nouvel endroit sûr. Mais où l'ai-je glissée ? N'est-elle pas dans l'une des poches de ma veste ? Non. Dans l'un de mes deux cartables ? Non plus. A-t-elle été engloutie dans l'un des cartons ? L'aurais-je laissée par mégarde ? Je fouille partout sans la retrouver. La lettre a disparu.

À vingt-trois ans de distance, j'ai alors l'impression de perdre mon père une seconde fois. Une angoisse m'étouffe. Comment ai-je pu faire cela ? Pourquoi ne l'ai-je jamais retranscrite, photocopiée, scannée ? Pourquoi ne l'ai-je pas gardée à la maison ? Pourquoi, la veille, ne l'ai-je pas immédiatement mise dans la poche droite de ma veste, avec ma carte d'identité ?

Et puis une question terrible surgit : comment serai-je protégé désormais si cette lettre ne peut plus m'aider ?

Pendant deux mois, j'ai ressenti le manque chaque jour. J'ai retourné plusieurs fois le contenu de mes cartons, avec un immense pincement au cœur. Je n'arrivais pas à me résoudre à sa disparition. Cette perte était-elle le tribut à payer pour ma trahison ? Pouvait-il y avoir pire signe posthume de désapprobation ? Avais-je violé les prescriptions de ce testament en entrant dans un gouvernement, et pas n'importe lequel ? Les commentaires narquois, les articles désobligeants, tout ça était bien peu de chose au regard de cette absence. Cette lettre qui ne m'avait pas quitté pendant plus de vingt ans disparaissait à l'issue de mon séjour au gouvernement. J'étais déchu.

J'ai tenté de la reconstituer. Chaque mot m'en était familier, pourtant je ne parvenais pas à les remettre dans l'ordre. Certes, il me restait le volumineux Grand Robert en neuf volumes que mon père m'avait offert après la réussite à un concours, symbole de notre amour commun pour les dictionnaires. Mais impossible de restituer avec l'ensemble des mots de cet ouvrage, cette petite lettre, recto verso, au papier jauni, qui me donnait les directives, formulait les mises en garde, et m'insufflait la confiance de mon père.

Alors que je tentais de recomposer ce texte de mémoire, d'autres mots sont remontés à la surface. Tous correspondaient aux racines de mon engagement et avaient trait au même sujet : qu'est-ce qui nous conduit à agir ?

J'avais jusqu'à présent fui la question de l'origine. Combien de fois des journalistes m'avaient demandé d'où venait mon engagement, pourquoi le combat contre la pauvreté, pourquoi le service public, pourquoi l'engagement associatif. L'éducation ? La famille ? Un événement déclencheur ? Une rencontre particulière ? Un maître ? Une indignation précise ? La foi, peut-être ? J'éludais. Par pudeur. Et puis, cela ne pouvait se réduire à quelques faits. En mettre un en exergue aurait été trop artificiel, trop partiel. Je ne pouvais non plus me lancer dans une longue tirade. Trop d'ingrédients se mêlaient.

Comment expliquer que le frottement d'un archet contre les cordes d'un instrument avait joué un rôle ? Comment évoquer les rencontres improbables entre des personnages fictifs, devenus familiers au fil de lectures répétées, et des personnages réels, longtemps côtoyés ou croisés au hasard de rencontres fugaces ? Comment faire comprendre que ces personnages ne vivaient pas dans des enclos séparés, mais communiquaient sans cesse entre eux ? Comment oser affirmer que mes souvenirs remontaient à bien avant ma naissance ? Comment faire comprendre que tous ces morceaux disparates se tenaient ?

Je pensais souvent aux oies de Konrad Lorenz. Le célèbre éthologue avait montré que, s'il était le seul être vivant présent au moment de l'éclosion des œufs, les oies qui en sortaient le considéreraient comme leur mère et resteraient à jamais attachées à lui. Il s'était fait filmer, suivi par des volatiles qui ne le quittaient plus. Il était une mère de substitution. Ou plutôt une mère originelle. Les savants qui lui avaient succédé s'étaient interrogés sur la transposition du concept d'empreinte, qu'il avait tiré de ses observations étranges, à l'espèce humaine. Par égard pour cette dernière, ils avaient préféré le terme moins mécanique d'imprégnation. Comment raconter que j'avais peut-être été « imprégné » par une atmosphère d'engagement ? Je pensais également à Achille, plongé par sa mère, Thétis, dans un bain qui allait lui donner la force de se battre et une invincibilité presque absolue. (Presque, puisque sa mère l'avait tenu par le talon pour qu'il ne se noie pas et que le talon avait échappé à l'imprégnation.)

Tout cela risquait de s'évanouir. La lettre perdue, tout le reste pouvait disparaître. Et peut-être qu'un jour, j'ignorerais les racines de l'engagement. Je ne saurais plus comprendre ce qui fait que l'on est celui-là et pas un autre – différent parce qu'indifférent ?

Cette angoisse m'a obligé à m'adonner à une curieuse activité, l'archéologie virtuelle. Les fouilles sous le cortex. De l'archéologie préventive avant que les souvenirs ne disparaissent. Les miens peut-être, mais surtout ceux dont je suis le dépositaire. Ceux que l'on m'a confiés, et qui m'ont été si précieux. J'ai ressenti le besoin de les consigner avec l'espoir qu'ils servent à d'autres et qu'ils me poussent moi-même à en faire davantage.

Tout en cherchant la lettre dans mes cartons, j'ai trouvé des « morceaux » de souvenirs dans mon cerveau, aussi désordonné que mon bureau. Ils remontaient à la surface de ma mémoire, sans ordre chronologique, avec chacun leur étiquette « Important. Surtout ne pas jeter ». Si j'avais été un tant soit peu méthodique, j'aurais probablement pu les ranger par catégories. Des indisciplines. Des découvertes. Des transgressions. Des sons. Des identifications. Des apprentissages. Des angoisses. Des rencontres. Des lectures. Des mystères. Des frustrations. Des récits. Parfois tout simplement des moments. J'avais juste la certitude que tous ces fragments, apparemment disparates, n'étaient pas dissociables les uns des autres.

J'ai repensé à ce que Stéphane Hessel avait exprimé avec tant de force, lorsque je l'avais invité à participer, aux côtés de Simone Veil, au lancement du service civique devant cinq cents jeunes réunis au théâtre du Rond-Point : « Il est plus difficile pour vous que pour nous de s'engager. Pour notre génération, il était facile de dire où étaient le bien et le mal. Maintenant, les deux sont plus entremêlés. » Et pourtant, me disais-je en l'écoutant, combien de gens n'avaient pas perçu cette évidence au moment de la montée du nazisme et de l'Occupation ? Ne sommes-nous pas à nouveau à une époque où la lucidité devrait nous pousser à prendre des risques, à nous battre, à épouser des causes avant qu'elles ne deviennent irrémédiablement perdues ?

En cherchant à remonter aux sources de l'engagement, j'ai d'abord souhaité rendre hommage à ceux qui ont nourri le mien, et exprimer la reconnaissance que je leur dois. J'ai voulu ensuite me contraindre à redoubler d'ardeur. J'espère, enfin, par ce travail d'exploration, déclencher chez d'autres cette catalyse qui transforme la perception diffuse d'un besoin d'engagement en un principe actif.

Où il est question des vertus mnémotechniques de la gifle

Une petite route de Haute-Loire, qui nous conduit au Chambon-sur-Lignon. Nous nous apprêtons à réaliser notre premier pèlerinage dans le village où mes parents se sont réfugiés pendant la guerre et où mon père est entré dans la Résistance. Ce sont les premiers jours de septembre. À l'arrière-plan, le pic du Lizieux, avec sa forme caractéristique, a fière allure sous une lumière déclinante, à l'approche du crépuscule. Soudain, mon père freine. S'arrête. Nous intime l'ordre de descendre. Nous pensons à une panne. Régulièrement, cette vieille voiture a des problèmes de joint de culasse. Ils surviennent souvent au moment du départ en vacances. Mais cette fois, il n'y a ni la fumée ni l'odeur qui signent habituellement le décès de la pièce névralgique du moteur. Non, notre père ne soulève pas le capot. Il pointe le doigt vers des champs en contrebas. Notre regard suit son index. Nous ne voyons rien sinon les gestes réguliers de paysans.

– Vous voyez ?

– Quoi ?

– Les fléaux.

Les fléaux ? Nous sommes peu familiers avec l'Ancien Testament mais suffisamment pour connaître la liste des dix fléaux que le Tout-Puissant a envoyés sur l'Égypte. Nous cherchons des nuées de sauterelles. Mais l'air est limpide. Pas de grenouilles dans l'herbe non plus. Nous scrutons le ciel pour voir si un nuage de grêle approche, mais il est d'un bleu immaculé.

– Quels fléaux ?

– Regardez bien ces morceaux de bois.

Effectivement, les paysans accomplissent tous le même geste. Ils lèvent un bâton auquel est articulé un autre bout de bois. Celui-ci réalise un mouvement plus rapide, entraîné par l'élan et libéré de l'emprise humaine par la charnière souple qui le relie au gourdin que tiennent les paysans.

– Ce sont des fléaux. C'est avec cela qu'on bat le blé, qu'on sépare le bon grain de l'ivraie. Et l'usage du fléau est ancestral. Il va disparaître. Regardez bien.

J'observe les mouvements des paysans quand je reçois soudain une gifle. C'est mon père qui me la donne. Une gifle suffisamment forte pour m'arracher un cri de douleur et si inattendue qu'elle déclenche un mouvement de colère.

– Mais, papa, je regarde. Je n'ai rien fait. Tu es fou. Pourquoi me gifles-tu ?

– Je veux que tu te souviennes. Je suis sûr que tu n'oublieras pas cette gifle, justement parce qu'elle n'a pas de motif.

Je me frotte la joue, interloqué par l'absurdité de ce comportement. Mais mon père poursuit l'explication :

– Le fléau va disparaître. Dans quelques années, il sera remplacé par des machines, on ne verra plus ce geste, pourtant répété depuis des milliers d'années. Je veux que tu saches toute ta vie que tu as vu des paysans battre leur récolte au fléau. Avant qu'il ne soit trop tard. Et je sais que tu te souviendras de cette gifle. Comme Benvenuto Cellini et les salamandres.

– Comme qui ?

– Benvenuto Cellini. Benvenuto était avec son père, le musicien Giovanni Cellini, devant une cheminée. Tout à coup, le père et le fils virent des salamandres traverser le feu. Le père Cellini donna aussitôt une claque retentissante au jeune Benvenuto, qui, comme toi, pleura et en demanda la raison. « Pour rien, juste pour que tu n'oublies jamais ces salamandres. »

Je n'ai jamais oublié le geste du fléau. Je revois précisément ces paysans en contrebas. Je revois les noisetiers autour. Je revois la silhouette du pic du Lizieux. Je revois mon père. Et je saurai jusqu'à la fin de mes jours qui est Benvenuto Cellini. Je pense à cette scène chaque fois que je vois une salamandre, chaque fois que je visite le musée des Offices, chaque fois que je vais à Chambord ou dans un autre château aux armes de François Ier, chaque fois que je me rends en Haute-Loire, que je découvre, contre le mur d'une ferme, un fléau. Mon père avait doublement raison. Plus personne n'utilise les fléaux. On les voit désormais dans les fermes musées, comme celle de Vallorcine, parfois dans les résidences secondaires, comme objet de décoration, certainement au musée des Arts et Traditions populaires. Et il ne s'est pas trompé parce que l'image du fléau est indélébile. Je peux dire que j'ai vu séparer le bon grain de l'ivraie. Et je me touche la joue pour faire à nouveau surgir l'image des paysans de Haute-Loire.

Dans son livre sur les animaux imaginaires, Borges évoque l'histoire de Benvenuto Cellini et de la salamandre. Heureusement que mon père ne l'avait pas lu parce que, d'après l'écrivain argentin, ce n'est pas une gifle, mais une fessée que son père lui aurait administrée.

J'aime l'idée que la transmission est faite de répétitions et qu'une légende de la Renaissance puisse inspirer une pédagogie contemporaine. Si Benvenuto Cellini n'avait pas écrit ses mémoires, je n'aurais jamais retenu le geste du fléau. J'aime la pensée qu'une gifle n'est pas toujours punitive.

Où l'on aborde l'indiscipline d'un disciple

Curieusement, je suis incapable de me souvenir précisément de la première fois que j'ai vu l'abbé Pierre. Il me semble qu'il s'agissait d'une petite cérémonie au cours de laquelle il remettait la Légion d'honneur à un membre d'Emmaüs. À moins que cela ne soit lors d'une assemblée générale. Ce trou de mémoire montre à quel point mon engagement à Emmaüs n'a rien à voir avec la personne de l'abbé Pierre. Il ne m'était pas venu à l'idée que je serais amené à le rencontrer, encore moins que j'en deviendrais si proche.

C'est à Gérard Prigent que je dois mon entrée chez Emmaüs. Mon engagement le plus long et j'oserais dire le plus compromettant. Avec Gérard, nous nous sommes connus dans de drôles de circonstances. En 1991, il était attaché parlementaire de Bernard Kouchner et j'étais là, accidentellement, pour rédiger un texte permettant de mieux contrôler les associations, au lendemain du scandale de l'ARC. On cherchait un conseiller d'État. Mon vis-à-vis, dans la grande salle Parodi du Palais-Royal où je travaillais mes dossiers contentieux, avait décliné la proposition. Comme un service, il m'a demandé de le remplacer au pied levé. Je me suis donc retrouvé chargé de rédiger ce qui pourrait devenir une loi.

J'ai ainsi fait la connaissance de Bernard Kouchner, alors secrétaire d'État à l'Action humanitaire, avenue Charles-Floquet, sous la tour Eiffel. Bernard Kouchner m'a d'emblée traité comme si nous nous connaissions depuis toujours. Il m'a expliqué pourquoi nous allions faire une grande loi pour mettre de l'ordre dans toutes les associations et m'a laissé travailler. Je ne connaissais rien aux arcanes du gouvernement ni du Parlement. Gérard n'y connaissait pas grand-chose non plus, mais sa carte d'attaché parlementaire lui permettait d'accéder au palais Bourbon et nous avons mis nos deux ignorances en commun pour remplir notre mission. En vain d'ailleurs. Il s'avéra que le ministre de l'Intérieur, Pierre Joxe, avait pris les choses en main et que c'était lui qui était chargé de rédiger ce texte. Personne ne nous attendait, personne n'avait besoin de nous, personne ne nous écoutait. C'était assez pénible, très humiliant, parfaitement frustrant. Avec Gérard, cela a créé des liens. Il avait un parcours intéressant, sensiblement différent du mien. Il avait d'abord été boulanger, avait exercé différents petits boulots avant de devenir éducateur et de travailler dans les foyers de jeunes travailleurs. Un jour, il m'a demandé si je connaissais Emmaüs. La réponse fut non. Il se proposa de me présenter ses amis. La rencontre eut lieu dans un bistrot près du Palais-Royal avec un curé défroqué, Hervé Le Ru. Je ne savais pas où je mettais les pieds, quand ils me proposèrent de faire un bout de chemin avec eux. Pendant six ou sept ans, je me retrouvai président d'une fédération de communauté Emmaüs. C'est pendant ces années que je croisai de loin l'abbé Pierre.

J'eus d'abord affaire à lui, si je puis dire, indirectement mais intensément, peu après mon élection. C'était, début 1996, l'épisode Garaudy. L'abbé Pierre s'était mis tout seul dans de sales draps, en apportant son soutien à un livre révisionniste. Il s'enferrait. Moi, cela me mettait en porte-à-faux. Déjà, ma famille n'avait pas bien compris ce que j'allais faire chez « ces cathos d'Emmaüs », mais si, en plus, l'abbé se revendiquait antisémite ! Je me souviens de cette séance du bureau de notre petite fédération. C'était la fin de l'ordre du jour d'une longue séance. Je ne savais pas trop comment aborder le problème. Finalement, je mis les pieds dans le plat de manière abrupte : « Ou on condamne les propos de l'abbé Pierre, ou c'est moi qui m'en vais. » J'attendais avec anxiété les réactions. Elles furent encourageantes. Nous décidâmes de provoquer une réunion de l'ensemble des « familles », comme on dit à Emmaüs.

Cette séance se déroula le 8 mai 1996 au siège d'Emmaüs international à Alfortville. À côté de la chambre de l'abbé Pierre, qui avait fui les micros en Suisse. Nous étions une vingtaine autour de la table : Emmaüs France, Emmaüs international, la fondation Abbé-Pierre, la société d'HLM, les différentes fédérations, en quelque sorte les barons d'Emmaüs. La séance fut épique. Très vive même. Intéressante. Un tiers des participants expliquèrent que, par principe, ils s'interdisaient tout regard critique sur l'abbé Pierre : ils lui devaient tout. L'abbé les avait sauvés, ils lui vouaient une reconnaissance éternelle. « Servir premier le plus souffrant. » Cette fois, c'était lui qui souffrait, et on devait le soutenir coûte que coûte. Pas besoin de réfléchir, c'eût été faire preuve d'une insupportable ingratitude. Un deuxième tiers des participants avait une vision un peu différente. Et s'il s'agissait d'un complot pour nuire à l'abbé Pierre et au mouvement Emmaüs ? Ceux-là énuméraient les noms des journalistes, au patronyme juif, qui relayaient la polémique. Étonnant d'entendre cela à Emmaüs, mais ils étaient plusieurs à opiner gravement du chef devant cette théorie d'un complot juif contre le bon prêtre. (L'abbé Pierre lui-même ne devait jamais pardonner au cardinal Lustiger de ne pas l'avoir soutenu et même, pire, d'avoir sous-entendu que son propos était celui d'un homme sénile. Il rédigerait d'ailleurs des testaments qui, tous, excluaient la possibilité d'une messe à Notre-Dame, tant que le cardinal Lustiger y officierait…) Le troisième tiers, dont j'étais, tenait une position ferme : nous n'étions pas en train de traiter l'abbé Pierre d'antisémite, nous disions simplement que l'ambiguïté sur ce sujet n'est pas tolérable. Ne rien dire, c'est rester dans l'ambiguïté. Les débats furent âpres et, finalement, notre position l'emporta, le soir venu. C'est ainsi que le mouvement Emmaüs paya des encarts dans les journaux pour se désolidariser des propos de l'abbé Pierre. Lequel éclaircit sa position et je reste persuadé que notre attitude, si elle ne lui fit pas plaisir, ne le desservit point.

C'est exactement six ans plus tard que j'ai commencé à être vraiment proche de l'abbé Pierre. J'avais, si je puis dire, accidentellement été élu président du mouvement Emmaüs. Je n'y étais pas vraiment préparé. J'avais été sollicité, comme un « plan B », car la personne pressentie n'avait pu aller jusqu'au bout de sa candidature. Et l'on souhaitait que je fasse barrage à d'autres que l'on ne voulait pas voir élus.

Il ne s'agissait pas vraiment de faire campagne, mais de convaincre que je pouvais être acceptable. J'avais senti que le mouvement Emmaüs vivait dans l'angoisse de la perspective de la mort de son fondateur, sur les frêles épaules duquel reposait toute la force de l'organisation qu'il avait bâtie à son image.

Pour soumettre ma candidature, j'avais un programme simple que j'exposai en assemblée générale :

« Aujourd'hui, quand une commission de sécurité menace de fermer une salle de ventes, parce que ses issues de secours ne sont pas aux normes, c'est tout l'équilibre économique qui est en danger. Que se passe-t-il alors ? Le responsable de la communauté alerte le secrétaire de l'abbé Pierre et celui-ci saisit son téléphone. Il compose le numéro de l'Élysée et demande à parler au président de la République, qui le prend toutes affaires du monde cessantes. Le Président appelle le préfet et lui intime l'ordre de demander à ses services "d'arrêter d'emmerder les compagnons de l'abbé Pierre". Le procès-verbal de la commission de sécurité disparaît et la communauté reprend un fonctionnement normal.

Ce système a deux inconvénients. Le premier, c'est qu'il ne met pas à l'abri d'un mauvais incendie. Certaines normes relèvent de procédures formelles, d'autres sont utiles. Nous n'avons pas envie que les clients d'une salle de ventes ou les compagnons d'une communauté meurent grillés comme des saucisses. Parfois, il vaut mieux percer une issue de secours que de prendre ce risque, commission de sécurité ou pas. Le second inconvénient est que l'abbé Pierre n'est pas éternel. Or, aucun d'entre nous ne sera capable d'avoir le président de la République au téléphone pour un problème d'issue de secours. Le rôle du prochain président, c'est donc d'assurer les ressources suffisantes pour faire les mises aux normes quand elles sont vitales et de donner au mouvement une force collective qui lui permette de résister, sans passer par le standard de l'Élysée. Pour cela, nous avons une course contre la montre à réaliser, pour être en ordre de marche tant que l'abbé Pierre est vivant. »

Quelques heures après mon élection, me voilà avec l'abbé Pierre. Lors de la proclamation des résultats devant l'assemblée générale, il avait prononcé cette phrase qui me légitimait : « Toujours, dans les moments décisifs, le mouvement a trouvé les hommes dont il avait besoin », rapportée dans ce livre au si beau titre : *Je voulais être marin, missionnaire ou brigand.* Il me pose des questions sur ma vie, ma famille, mon parcours. Il me tutoie, ce qui ne me surprend pas. Tout le monde a recours au « tu » à Emmaüs. Je le tutoie donc en retour. Il me laisse faire puis, à la fin de la conversation, avant de me dire qu'il doit maintenant aller se reposer, il me glisse : « Cela serait mieux que tu me vouvoies. Comme les autres. Sinon, ils ne comprendraient pas. » Je me sens très bête. (Je connaîtrai l'expérience inverse avec un président de la République qui me tutoya et que je vouvoyai, et qui menaça de se fâcher si je ne passais pas moi-même au tutoiement.)

Nous n'avons pas parlé, à ce moment-là ni par la suite à aucun autre, de l'affaire Garaudy. Il connaissait le rôle que j'avais joué six ans plus tôt et dont, probablement, il me tenait un peu rigueur. Mais, paradoxalement, je suis persuadé que cela contribua à la qualité de nos relations. Une relation dévouée, pas dévote. Une relation qui me laissait une large part d'autonomie.

Je me souviens d'un soir où j'allai lui rendre visite. Nous étions en 2002 ou 2003. L'abbé Pierre regardait la télévision. Aux informations, on annonçait le risque d'un attentat d'Al-Qaïda sur le sol français. L'abbé Pierre coupa le son et se tourna vers moi :

– Tu as entendu ?

– Oui, Père.

– Les islamistes préparent un attentat en France. Quelle cible crois-tu qu'ils vont choisir ?

– Je ne sais pas, Père.

– Si j'étais eux, je ferais un attentat contre l'homme le plus populaire de France.

– Vous voulez dire, vous-même ?

– Exactement. Il faut que je demande une protection. Prends le téléphone, appelle-moi le Premier ministre et passe-le-moi. Il comprendra et nous serons gardés.

J'étais interloqué. Je ne me voyais pas servir d'intermédiaire pour une demande aussi loufoque. Comment le lui dire ?

– Père, je vous ai toujours entendu vous plaindre d'être obligé de vivre si vieux, et réclamer vos « grandes vacances ». Voilà une occasion unique d'exaucer votre vœu. Plutôt que de demander une protection auprès du Premier ministre, je vous fais une autre proposition. Je connais le présentateur du journal télévisé, je l'appelle et lui demande d'incruster sur l'écran votre adresse : ainsi, les terroristes sauront vous trouver et vos « grandes vacances » seront pour tout de suite.

– Tu te moques de moi, là, Martin ?

– Je ne me permettrais pas.

– Tu as raison. Tu sais, souvent ils me passent mes caprices. Il ne faut pas.

Je le sens presque soulagé. Ce soir-là, j'ai l'impression d'avoir réussi mon véritable examen de passage.

Où il n'est pas question de psychologie dans les études médicales

C'est à Saint-Vincent-de-Paul, en 1984, que se produit mon premier vrai contact avec l'hôpital, une blouse blanche sur les épaules, à l'époque où je pense devenir médecin. C'est un service de neuropédiatrie. On y traite beaucoup de myoclonies et d'épilepsies. J'apprends à utiliser un électromyomètre, cet instrument mesurant les vibrations musculaires pour détecter des anomalies qui se traduisent par l'incapacité du muscle à se contracter correctement.

Comme toujours, je ne sais pas faire grand-chose, tant je suis maladroit. Rien que prendre la tension est un supplice, pour obtenir des chiffres cohérents. Parfois, je recopie simplement sur la feuille de soins au pied du lit ce que l'infirmière a noté quelques heures auparavant. Je me dis qu'il est trop peu probable que quelque chose se soit passé entre sa visite et la mienne… Quand il s'agit d'ausculter, je me sens incapable de distinguer les bons battements du cœur d'un éventuel souffle. Et au niveau des poumons, j'ai l'impression d'être face soit à un silence sidéral, soit à des bruits pathologiques qui sont souvent des gargouillis d'estomac, car j'ai mal posé le stéthoscope. En faisant ou plutôt en singeant les gestes médicaux, je me comporte comme un mauvais acteur de série B américaine jouant dans une parodie d'*Urgences*. Un figurant auquel on aurait dit de regarder les vrais gestes des vrais médecins. La seule chose que je suis capable de faire à peu près correctement, c'est d'écouter les malades et d'observer leur comportement comme celui des soignants.

Le samedi matin, j'aime jouer à l'interne. Je passe du temps dans les chambres, j'essaie de décrypter les indications sur les pancartes au pied des lits, d'interpréter les courbes de tension, de température, de me familiariser avec le nom des médicaments. La plupart des patients sont des nourrissons, mais, ce matin-là, j'entre dans la chambre d'un garçon de 12 ans. Sur sa pancarte, une inscription en rouge : « T.A. » Tension artérielle ? Non, cela ne figure pas sur la courbe de sa tension. J'interroge les infirmières. « Qu'est-ce que cela veut dire, T.A. ? – T.A., c'est comme T.S. » Devant mon air ahuri les infirmières s'esclaffent. « Ben oui, la T.S., c'est une tentative de suicide, mais puisque tout le monde connaît cette abréviation, on utilise T.A., pour dire "tentative d'autolyse". »

L'autolyse est donc le mot pudique pour désigner le suicide. La lyse, c'est la destruction d'une cellule dans le vocabulaire des biologistes. J'ignore qui a eu l'idée saugrenue de créer ce néologisme pour désigner le suicide et prendre les patients pour des imbéciles. Devant eux, on parle doctement de leur « tentative d'autolyse », comme s'ils étaient incapables de comprendre et surtout comme s'ils ignoraient eux-mêmes la portée de l'acte dont ils sont les auteurs.

Je m'assieds au chevet de ce jeune garçon et tout de suite un courant de sympathie passe. Après quelques questions, il parle spontanément. Son récit est poignant et stupéfiant de maturité. Il a commis sa tentative de suicide le jour de son anniversaire. Un anniversaire, m'explique-t-il, c'est un jour où les parents témoignent de l'amour qu'ils portent à leurs enfants. Cela se manifeste par des cadeaux, des bougies, un gâteau. Ce garçon se sait mal aimé. Enfant non désiré, né dans un couple à la dérive, il a subi des maltraitances. Son dossier médical en atteste. Il a tenté de se raccrocher à la perspective de son anniversaire. On ne se résigne pas au désamour. Et le jour de son anniversaire, il ne s'est rien passé. Pas un cadeau, pas une attention, pas une bougie. Pas un mot, pas un geste de tendresse. Juste les réprimandes habituelles. Peut-être des coups. Il poursuit : « Ce jour-là, j'ai vraiment compris. Je suis allé dans la salle de bains, j'ai ouvert l'armoire à pharmacie et j'ai avalé tout ce que j'ai trouvé. » Effectivement, la liste de ce qu'il a ingéré est impressionnante. Le lavage d'estomac a été costaud. Il n'est pas passé loin. Je reste deux heures à son chevet, à l'écouter et à lui parler. Je n'ai pas dix ans de plus que lui. Je pourrais être son grand frère. Il m'interroge sur mes études. Il aimerait être médecin, lui aussi. Il travaille bien à l'école et s'inquiète de devoir manquer des cours. Son regard ne se départit pas d'une tristesse permanente comme s'il avait du mal à parler d'avenir. Je lui promets de revenir le voir.

Le lundi, c'est la visite du chef. Dans la grande tradition hospitalo-universitaire. Le cortège des blouses blanches. Une dizaine. Le chef de service, l'agrégé, le chef de clinique, l'interne, les externes, la surveillante, l'infirmière. Nous allons de chambre en chambre, sans même frapper à la porte. Le chef jette un coup d'œil rapide au dossier avant d'ouvrir la porte. Sur le dossier, il y a donc marqué « tentative d'autolyse ». L'interne lui résume le cas en trois phrases. « C'est un gamin de 12 ans qui a avalé des médicaments. Le Samu a fait le lavage d'estomac. Il va bien. » Le chef n'a pas besoin d'en savoir plus. Il ouvre la porte, avec un grand sourire, et s'adresse à « mon » patient. « Alors, mon garçon, on a fait le malin ? » Faire le malin ! Quelle expression hors de propos, antidéontologique pour un tel geste de désespoir. Voilà cet enfant traité par l'ironie et le mépris.

J'ai envie de disparaître. D'étrangler ce ponte qui manque tellement de psychologie. Qui impose sa morgue à « mon » malade si fragile, si mûr, si sensible. Je vois le jeune garçon chercher mon regard, le trouver, et lever les yeux au ciel, l'air de dire : « Pas la peine de lui expliquer. » Pendant ce temps, le chef continue sur un ton docte de parler du garçon à la troisième personne, comme s'il n'était pas dans la pièce, et à faire un cours sur la propension des enfants à vouloir attirer l'attention par des suicides voués à l'échec, de la même manière que s'il parlait d'un nourrisson jetant son jouet par terre pour obliger ses parents gâteux à le ramasser.

Je vois le garçon écarquiller les yeux, surpris par l'attaque, comme s'il réussissait à hausser les épaules par le regard. Je lis dans ses yeux une réponse méprisante à cette question méprisante. Pendant un quart de seconde, nous nous sentons tous les deux seuls dans la chambre, comme si les autres, avec leur morgue et leur blouse blanche, leurs certitudes, n'existaient plus. Puis le chef pose quelques questions sur ce qu'il mange, ce qu'il boit, sur sa tension et sur les principaux paramètres biologiques. Cela se termine par un retentissant : « Il ne faudra pas recommencer, hein ? » J'ai honte des blouses blanches, de la médecine française, des cols de blouse relevés. Je ne dis rien. Je n'ai pas le culot de me rebeller.

J'ai plus appris pendant ces quelques minutes que dans les amphis. J'ai compris le rapport entre l'homme debout et l'homme couché, la relation du fort au faible. En médecine, j'ai appris que celui qui vous fait face est souvent intimidé, intériorisant spontanément un rapport d'infériorité. Parce qu'on a une blouse blanche, parce qu'on a un diplôme, parce qu'on est chef, parce qu'on est directeur, parce qu'on a du savoir, parce qu'on détient les signes de reconnaissance, parce qu'on est riche et que l'autre est pauvre, parce qu'on sait faire des discours et que l'autre bafouille. J'ai appris que, dans cette situation comme dans beaucoup d'autres, notre responsabilité consiste à abolir cette relation de supériorité qui s'instaure naturellement. J'ai appris qu'il ne faut pas alors chercher à établir un rapport de force, mais au contraire tout entreprendre pour le neutraliser. J'ai appris que celui qui est en position de force doit faire le premier pas.

Où l'on a recours à l'architecture sans équerre pour bâtir le revenu de solidarité active

Que de dimanches passés sur les chantiers ! Avec des bottes et des bougies. Dans les dédales de la ville nouvelle dont mon père était le créateur. Mon enfance est indissociable de celle de Cergy-Pontoise, à peine plus jeune que moi, dont, avec ma famille, nous avons partagé tous les battements de cœur. À l'époque où on mesurait les centimètres que nous gagnions avec une petite marque au crayon sur le mur, après avoir posé un livre horizontalement sur notre tête, nous regardions grandir de la même manière la ville nouvelle, en comptant les étages des tours, en vivant à son rythme.

Les chantiers, c'était donc l'attraction du dimanche. Bougies à la main, pour éclairer des escaliers sombres où les câbles pendaient entre les poteaux en béton. Bottes aux pieds, pour avancer dans la boue, au milieu des engins abandonnés pendant la journée de repos comme des animaux mythiques pétrifiés. Nous empruntions les escaliers de la préfecture en construction, cette drôle de pyramide renversée, de la gendarmerie, de chacune des écoles, des premières habitations. Le samedi matin, pendant que mon père travaillait, la cigarette aux lèvres, j'ai passé des heures au-dessus d'une maquette bien plus intéressante que tous les jouets d'enfants. Avec des petits arbres aux feuillages verts, des minivoitures, des piétons en figurine.

Nous suivions, haletants, les péripéties de la construction. L'accueil des premiers habitants. Les tournées pour fournir des radiateurs électriques afin de ne pas les décourager quand l'unique centrale de chauffage de la jeune ville était tombée en panne, les batailles homériques avec les élus. Le choix du nom de la ville avait été un moment privilégié. Mon père nous avait proposé Certoise, Pontoise-Cergy, Cergy-Pontoise. Pendant quelques jours, elle s'est d'ailleurs appelée Pontoise-Cergy. Nous, les enfants, faisions semblant d'être les décideurs, dans le cadre de discussions enflammées. Et quand je me promène aujourd'hui à Cergy, je regarde les habitants en pensant qu'ils ont été à deux doigts de s'appeler des « Certoisiens ».

Nous partagions tout. L'escalade des collines pour choisir les implantations des bâtiments stratégiques. Les discussions avec les agriculteurs qu'il fallait exproprier. Les inquiétudes des élus, qui craignaient de voir le territoire leur échapper. Les projets grandioses de Bofill, l'architecte catalan, qui voulait bâtir une immense cathédrale, et expliquait avec enthousiasme qu'on circulerait en patins à roulettes dans la nef. Le feuilleton malheureux de l'aérotrain. Aussi rapide que le futur TGV, il devait relier Cergy-Pontoise à Paris en moins d'une demi-heure. Le gouvernement avait pris des engagements, puis s'était dédit, ce qui avait valu à mon père d'écrire au ministre : « Je n'ai pas la sagesse de Job, capable de dire : "Le gouvernement me l'a donné, qu'il soit loué. Le gouvernement me l'a repris, qu'il soit loué." »

Nous avions tous ces souvenirs en tête, bien des années plus tard, lors de l'inauguration par Michel

Rocard de l'avenue qui porte le nom de mon père. Cette avenue où je me suis garé un jour, en faisant exprès de ne pas mettre d'argent dans le parcmètre, pour le seul plaisir de récolter une contravention « avenue Bernard-Hirsch » et de pouvoir la conserver.

Comme mes frères et sœur, j'ai aussi possédé un souterrain dans Paris. Mon père en donnait un à chacun d'entre nous, solennellement, comme si tous les ouvrages d'art lui appartenaient et qu'il était maître de les attribuer comme bon lui semblait. Nous le prenions très au sérieux. Le but était de rendre les trajets en voiture moins longs. Rouler dans Paris, c'était choisir un itinéraire qui permettait de passer sous les tunnels des uns et des autres. Personne ne sait que Lady Diana est morte dans celui qui m'appartient, celui que les ignorants appellent le tunnel de l'Alma. C'est ce à quoi j'ai pensé lorsqu'on m'a réveillé, alors que j'étais de permanence dans la nuit du 29 au 30 août 1997, pour me signaler l'accident de la princesse mythique.

Ces visites de chantiers m'ont laissé leurs empreintes. Elles m'ont donné envie de construire des réformes comme un urbaniste imagine une ville, avec toutes les contraintes que cela suppose, mais aussi avec l'audace, la touche personnelle, le zeste de fantaisie.

Construire des réformes comme on construit des villes, ou finalement une œuvre. Je devine aisément ce que cette assertion peut avoir de prétentieux. Elle est, en réalité, la reconnaissance d'une faiblesse et un hommage aux créateurs. Quand on rêve d'être bâtisseur, mais qu'on est incapable d'être architecte ou sculpteur, qu'on ne sait pas faire un croquis, tenir un burin ou une équerre, façonner quoi que ce soit, on construit avec ce que l'on sait faire.

J'ai dû être marqué par ces envolées du dimanche.

Du sommet d'une butte, nous dominions des champs de betteraves. Mon père nous décrivait la ville à naître. Là, un temple. Plus loin, un lycée. Une base de loisirs. Le siège d'une grande entreprise. Nous avions le sentiment de participer à cette édification. Si nous faisions un effort d'imagination, les bâtiments allaient surgir de terre.

J'appris bien plus tard la signification du mot « démiurge ». Celui qui agit sur le destin des hommes en construisant et en façonnant.

La manière de concevoir des réformes est sans doute née de ses dimanches de chantier. Le sentiment de pouvoir partir de rien était particulièrement excitant. Non pas rénover, non pas s'inscrire dans une chaîne dont on n'est qu'un maillon, mais partir de la matière brute et la pétrir ou de la feuille blanche et la noircir, des champs et les bâtir. Avoir en tête le résultat escompté, faire jouer son imagination. Poser des premiers jalons, qui semblent sans lien les uns avec les autres, mais dont on connaît, dans sa tête, le rôle dans le dessein final.

Pour le revenu de solidarité active, je me souviens de toutes ses étapes. La première en 1998. C'était au moment de la grande grève des chômeurs qui déstabilisa le gouvernement de gauche issu de la dissolution de l'Assemblée nationale. Une grève des chômeurs, c'était paradoxal. Ils pointaient parmi leurs difficultés celle de ne pouvoir retravailler sans perdre de l'argent. J'avais fait une petite note à l'intention de la ministre de l'Emploi pour proposer de créer ce qui ne s'appelait pas encore le RSA. Elle me fut sèchement retournée. Il n'était pas dans mes attributions de directeur de cabinet du secrétaire d'État à la Santé de me mêler de cela. Ce fut finalement une prime de Noël qui fut octroyée aux allocataires de minima sociaux et reconduite d'année en année. Je gardai la note dans un tiroir et l'idée, encore floue, dans ma tête, sans savoir si j'aurais l'opportunité de la mettre en œuvre, mais enrageant devant l'occasion manquée. Je la ruminais, à l'affût de circonstances favorables.

Elles advinrent dans des conditions pittoresques. Un coup de fil d'un ministre voulant régler le sort des enfants pauvres, en les gratifiant d'un cadeau de Noël lors d'une opération qu'il entendait mener avec Emmaüs. Mon refus fut catégorique : « Les enfants pauvres n'ont pas besoin qu'un ministre leur donne un cadeau pour Noël, mais que leurs parents aient de quoi leur en offrir. Donc qu'ils puissent tirer un revenu décent d'une combinaison de leur travail et de la solidarité. » Ces discussions aboutirent à la création d'une commission que je présidai. L'idée de 1998 pouvait être réactivée. La nécessité de la faire partager par des interlocuteurs aux intérêts et aux présupposés idéologiques divergents impose des discussions enflammées.

Je me souviendrai toujours de trois temps forts de la genèse du revenu de solidarité active. D'abord, l'invention du nom. Elle eut lieu en voiture, alors que je raccompagnais Étienne Grass, le jeune inspecteur des Affaires sociales que j'avais eu le droit d'engager comme rapporteur. Ensemble, nous travaillions d'arrache-pied du matin au soir. L'étincelle jaillit sur les voies sur berge, au moment où l'on sortait du tunnel des Tuileries, face à la Conciergerie et au Palais de Justice. Créer un oxymore. Allier la solidarité et l'activité. Ce serait le « revenu de solidarité active ».

Le deuxième a été plus dramatique. Il fallait que syndicats, organisations patronales, associations en acceptent le principe, qui n'allait de soi pour aucun d'entre eux. Les syndicats préféraient la revalorisation des salaires et l'augmentation du SMIC. Les organisations patronales réclamaient davantage de flexibilité dans l'organisation d'un travail dont le coût serait abaissé. Les associations demandaient l'augmentation des minima sociaux, sans condition, sans contrepartie, faisant valoir combien il était difficile de vivre ou de survivre avec des sommes aussi faibles. J'organisai la réunion-clé de la commission au siège d'Emmaüs. Je m'étais dit que, dans un tel cadre, il serait plus difficile de rester sur un échec, un désaccord, que dans une salle froide de ministère. Nous prîmes d'abord le temps de montrer qu'aucune des trois pistes défendues par chacun des acteurs n'avait la moindre chance d'aboutir car il y aurait toujours l'un d'entre eux pour s'y opposer. Et, avec Étienne, nous mîmes le RSA sur la table. Sans provoquer d'enthousiasme aucun. Mais sans susciter d'opposition dirimante non plus. Chacun fit part de ses réserves. Nous les laissâmes tous s'exprimer et nous fîmes valoir qu'il n'existait aucune autre proposition. Ils donnèrent leur accord du bout des lèvres, ou plutôt leur *nihil obstat*. L'instant fut immortalisé. J'avais pris soin de filmer la réunion, avec leur assentiment, car je pressentais la fragilité de l'accord. Il fallait en garder une preuve.

Le troisième temps fut plus rocambolesque. Jusqu'à la réunion où l'accord fut scellé, nous n'étions pas pris au sérieux. Les administrations pariaient sur l'échec de la commission. Toute convergence de points de vue leur semblait inconcevable. Le consensus que nous avions trouvé commença à les affoler. Or, nous avions besoin des administrations pour chiffrer le coût du revenu de solidarité, pour faire des simulations. Et dès lors, il nous fallait avoir accès aux logiciels détenus par les ministères des Finances et des Affaires sociales. Mais les fonctionnaires avaient reçu des instructions pour faire obstacle à nos recherches. Nous voyions arriver le terme de notre commission, sans la moindre possibilité d'étayer nos propositions par des chiffrages sérieux. Pire, ils nous opposaient des montants effrayants. Ce que nous avions concocté coûterait plus de dix milliards d'euros. Autant dire la lune. Comment contourner cette mauvaise volonté ? Avec trois fonctionnaires, moins disciplinés que les autres, nous nous muâmes en braqueurs. Nous décidâmes de braver les interdits en profitant d'un jour férié, le lundi de Pâques, pour entrer clandestinement dans les ordinateurs des ministères. L'opération commando avait quelque chose d'excitant. Je me souviens des couloirs vides de Bercy, de nos airs de conspirateurs, de la joie de transgresser pour un objectif qui nous semblait d'intérêt général. En quatre heures, nous obtînmes les chiffres que l'on refusait de nous communiquer depuis quinze jours. Nous fêtâmes notre braquage d'un bon steak frites en face de l'École militaire.

Nous avions désormais un nom, un accord, un chiffrage, il devenait possible de construire le revenu de solidarité active. C'est ainsi que la petite sculpture a pris forme, en trois années. Comme une œuvre dont nous aurions détenu les plans. Depuis les premiers traits de crayon, jusqu'à ce que cette réforme concerne deux millions de personnes, en passant par les fondations, les passages secrets souterrains, les maquettes… et les vices de construction !

Il faut croire que ce goût pour les chantiers est une tradition familiale. Je suis en effet monté sur les Twin Towers, alors qu'elles n'étaient pas terminées, avec ma grand-tante Geneviève en juillet 1974. Les derniers étages du World Trade Center étaient encore en travaux.

Ma grand-tante était audacieuse. Elle m'entraîna dans les ascenseurs, réservés aux ouvriers. Elle me suivit quand je voulus continuer le parcours. Et nous nous retrouvâmes sur le faîte de la tour, à ciel découvert, sans protection, sur un chantier suspendu à plus de quatre cents mètres de hauteur, surplombant Manhattan. Notre présence était tellement incongrue, une vieille dame de 70 ans et un gamin de 10 ans, que personne ne fit attention à nous. Les ouvriers continuaient à circuler avec leurs casques, leurs poutres, leurs outils. Nul ne nous demanda ce que nous faisions là, ni de déguerpir. Nous eûmes le temps de nous pencher, de faire le tour. J'ai gardé quelques photos du haut des tours alors inachevées et aujourd'hui disparues, prises avec mon petit Instamatic.

Où l'on trouve ce qu'on ne cherche pas, qui vaut mieux que ce que l'on cherche

Dans mon adolescence, je n'ai jamais été bénévole, ni même approché la moindre association. Mon premier engagement associatif est tardif, éphémère et parfaitement intéressé. Je n'ai pas cherché à donner, mais seulement à recevoir.

J'étais alors amoureux d'une jeune fille, E., incroyablement catholique. Sa foi était aussi grande que mon mécréantisme. Une foi très envahissante. Je me souviens de la première fois où je l'ai invitée à boire un verre. C'était au Bonaparte, à Saint-Germain-des-Prés. Les cloches de l'église se sont mises à sonner. J'ai vu son regard se perdre. Devant ma mine interrogative, elle m'a expliqué ce que signifiait l'appel des cloches, alors qu'à cause de moi, elle n'était pas allée à la messe ce dimanche. Plus tard, elle se vengera en me forçant, moi le mécréant, à assister en sa compagnie aux messes les plus longues de Paris, comme celles de l'église Saint-Gervais où l'on devait rester trois heures assis en tailleur ou à genoux.

E. était engagée dans une association qui, si je me souviens bien, s'appelait « Extension ». Cette association organisait des week-ends et des camps de vacances pour jeunes handicapés mentaux, principalement trisomiques. Je compris vite que, si je voulais avoir la moindre chance de la séduire, il fallait que je la suive. Je fis donc semblant de m'intéresser au sujet et un jour lui expliquai que mon rêve serait de pouvoir être bénévole. Elle me fit rencontrer un certain Vincent, qui venait de Versailles ou de Passy. Il était beau, débrouillard, accueillant et semblait tellement sain. Il aimait les gens « avec des différences », expression qui pouvait s'appliquer aussi bien à ceux qui avaient un chromosome de plus qu'à un type comme moi, pas catholique pour un sou. Je le jalousai immédiatement.

Quelque temps plus tard, je me trouvai donc embarqué dans un camp, en Bretagne, en tant qu'animateur bénévole avec une seule idée en tête : séduire cette jeune fille habitée par la foi. Sur ce plan, j'échouai. En revanche, je découvris le plaisir du bénévolat et de l'engagement. Oh, en ce qui me concerne, la première expérience fut très superficielle. Mais pas pour ces jeunes gens et jeunes filles dont je découvris qu'ils donnaient presque tous leurs week-ends à la cause. Et puis j'appris ce contact particulier, sans tricherie, avec ces jeunes handicapés qui vous bombardent de questions, vous adoptent au bout de quelques minutes, comptent sur vous sans retenue. Quant à E., elle était toujours aussi froide et distante. Ma seule vraie envie était de partager sa tente, ce qui n'advint pas. L'unique chose que j'obtins, ce fut un baiser assez chaste. C'était un matin. Un des rares matins où il ne pleuvait pas. Nous n'avions pas d'eau chaude dans le campement. J'entrepris de me raser, après avoir fait chauffer de l'eau dans une casserole sur le feu de bois. J'étais torse nu, le visage blanc de mousse à raser, quand E. surgit de sa tente. Pour ne pas se maculer, elle m'embrassa sur le seul emplacement libre, les lèvres. Ce fut, pour ces deux semaines de camp où je ne comptais pas ma peine, ma récompense, mon salaire, mon indemnité.

Les jeunes handicapés étaient, eux, parfaitement réconfortants. Amicaux, attentionnés. Je n'ai jamais oublié ces quelques jours de camp et ils ne sont pas étrangers à mon engagement à Emmaüs. Vingt-cinq ans plus tard, je bataillai pour que la loi consacre cette forme de bénévolat comme l'une des manières d'accomplir le service civique. Je pensais à tous ces jeunes qui pouvaient consacrer cinquante week-ends aux handicapés. Je me heurtai au refus du Parlement qui ne voulait qu'une forme de service civique, celui qu'on accomplit pendant au moins six mois pleins et consécutifs. Peut-être qu'un jour, j'arriverai à faire passer l'amendement « extension ». Je leur dois bien cela.

J'ai mis plusieurs années à me rétablir de ce chagrin d'amour, mais je ne me suis jamais remis de cette rencontre, de cet engagement éphémère et fortuit.

J'y pense chaque fois que j'explique qu'il n'y a pas de mauvaise motivation pour s'engager. Qu'il ne sert à rien de démêler l'altruisme de l'intérêt. Qu'il n'y a pas de honte à s'engager pour en jouir. Que je n'établis pas de hiérarchie entre un jeune qui souhaite faire son service civique car il veut participer à une cause et un autre qui en a assez de tourner en rond sans la moindre occupation et qui s'engage dans un service civique sans savoir exactement de quoi il s'agit. Je connais trop nos ambiguïtés pour exiger des autres une vocation exceptionnelle, une motivation à la pureté désintéressée, le passage préalable par un parcours initiatique. Peut-être que si je n'avais pas voulu séduire E., je n'aurais pas connu le milieu associatif, je n'aurais pas connu Emmaüs. Ai-je été pour autant moins engagé qu'un autre ? Je ne le pense pas.

C'est probablement l'un des deux miracles de l'engagement.

Le premier est la force de l'engrenage : il n'y a que le premier pas qui coûte, les autres suivent naturellement, jusqu'à ce qu'il ne soit plus question de se désengager, sans qu'on s'en rende compte. L'engagement comporte le plaisir de s'imposer volontairement des contraintes.

Le second réside dans cette réciprocité bien connue mais trop souvent niée. La théorie du don et du contre-don a beau être banale, elle est fondamentale. Que le premier engagé purement désintéressé me jette la première pierre. La contrepartie de l'engagement est simple. Elle est unique. C'est la reconnaissance, dans l'ensemble des sens du terme. Cela peut être la reconnaissance de celui que l'on sert. Ce fameux sourire obtenu pour un café offert, une main tendue, un mot gentil prononcé. Cela peut être la reconnaissance extérieure, la reconnaissance de la société, la reconnaissance de ses proches, la reconnaissance de celles et ceux qui partagent vos valeurs. Et cette reconnaissance n'a vraiment pas de prix.

Elle peut prendre des formes plus institutionnelles. C'est l'attachement à des décorations, à un discours des autorités, un maire, un préfet, un ministre, le président de son association. Ces quelques mots qui vous font exulter de fierté, qui vous donnent l'impression d'être indispensable, vous font vous rengorger dans vos beaux habits d'engagé. Ces formes flirtent avec le ridicule, mais n'y sombrent que rarement. Comment qualifier de ridicule la quête éternelle de la reconnaissance ? Et comment la mépriser quand elle emprunte d'autres canaux que ceux des signes extérieurs de richesse et de puissance ?

Où une passante vous fait rêver d'une certaine poignée de main

La quête d'un noble idéal est une belle motivation, qui peut aussi être alimentée par un rêve de midinette.

Le mien est lié à un film grand public, *La Passante du Sans-Souci* de Jacques Rouffio sorti en 1982. Michel Piccoli y joue le rôle de Max Baumstein, un riche homme d'affaires qui met toute sa fortune et toute son énergie au service d'une ONG luttant pour les droits de l'homme dans le monde. Solidarité internationale. Il a une jeune et jolie femme, incarnée par Romy Schneider. Brutalement, le voilà replongé dans son enfance douloureuse lorsqu'un diplomate d'une dictature d'Amérique du Sud se révèle être un ancien nazi reconverti. Baumstein lui donne rendez-vous, le tue, puis se rend. Suit un long flash-back, où l'on voit le jeune Max, dont le père a été exécuté par les SS, recueilli par une jolie femme, toujours jouée par Romy Schneider, et qui fait tout pour sauver son mari des griffes des nazis. Y compris coucher avec l'officier qui deviendra le diplomate sud-américain. Le jeune Max joue du violon à en arracher des larmes – à Romy et à moi. « Cet air yiddish si doux, si lancinant, je l'ai joué sur mon violon d'enfant. »

Le flash-back dure la plus grande partie du film. Il nous fait partager l'Occupation, la collaboration, l'exil, l'attente, la tragédie. Puis, on revient au présent. Le procès de Max a lieu. Celui-ci assume son acte meurtrier, et n'est condamné qu'à une peine légère avec sursis. Harassé par des journées d'audience qui l'ont forcé à revivre ce passé, derrière la barre des accusés, il va dans un bistrot, en face du Palais de Justice. Il fume une gauloise en commandant un mauvais croque-monsieur. Le patron du lieu a tout l'air d'un poujadiste de la plus basse eau. En arrière-plan, un flipper triste. La radio, ou la télévision, annonce l'issue du procès. Soudain, le patron se tourne vers Michel Piccoli : « Vous ne seriez pas Max Baumstein ? » Max lève la tête. On lit dans ses yeux un incommensurable agacement. Il vit la fin d'un cauchemar. Va-t-il devoir encore se justifier ? Sa femme a dû essuyer les crachats de militants d'extrême droite, accompagnés d'un délicat : « Tiens, c'est pour ton juif ! » D'un ton las, sans prendre la peine de lever les yeux, il répond : « Oui, c'est moi. Pourquoi ? » Et le patron, joignant le geste à la parole : « Pour rien, juste pour vous serrer la main. »

La réplique déclenche toujours chez moi un sanglot parfaitement ridicule et, depuis la première fois que j'ai vu ce film, à 19 ans, je sais confusément que je cherche à « être Max Baumstein ». Pour rien, juste pour qu'on me serre la main. Juste pour cette discrète reconnaissance. J'ai répété dans ma tête cette scène d'innombrables fois. Et il se trouve que j'ai été exaucé à plusieurs reprises. En vrai. Réellement. Grâce à Emmaüs. Grâce au revenu de solidarité active. « Vous n'êtes pas Martin Hirsch ? – Oui, pourquoi ? – Juste pour vous serrer la main. » C'est ma plus belle consécration. Ma plus grande proximité avec Piccoli. Je me suis souvent dit que je ne demanderais jamais rien de plus. Mais j'ai toujours su que c'était là aussi l'orgueil de l'engagement. Pourtant, je ne le mérite pas. Je n'ai pas fui le nazisme. Je n'ai pas risqué ma liberté pour faire justice. Je n'ai pas le visage de Michel Piccoli. Je ne suis pas devenu suffisamment riche pour faire don de ma fortune à une cause. Mais si j'ai cherché à obtenir cette poignée de main, c'est que le « syndrome Max Baumstein » a probablement – pourquoi le nier ? – une part de responsabilité dans ma soif d'engagement.

Un jour, dans le train, une jeune femme se précipite vers moi, la main tendue. « Je vous reconnais. » Je me rengorge, m'apprête à lui répondre modestement : « Oui, c'est moi. » Elle ne m'en laisse pas le temps et continue avec enthousiasme : « Je vous reconnais. C'est vous qui m'avez contrôlé à l'aller ! » Je porte effectivement un costume de la même couleur que l'uniforme des agents de la SNCF. « Vous vous rappelez ? Bien sûr, je n'ai toujours pas sur moi ma carte de réduction. »

Je me souviens que, dans sa lettre, mon père me conjurait de toujours penser à la maxime de Jean Monnet : « Il faut choisir entre être quelqu'un ou faire quelque chose. » Il avait bien raison.

Où l'on ne sait plus qui est là pour qui, et tant mieux

La première communauté Emmaüs que j'ai visitée est située en région parisienne. Une bénévole, pharmacienne retraitée, me fait faire le tour des ateliers. Elle me tutoie comme il est de tradition. Salle de ventes, lieu de vie, ateliers. Les compagnons préparent l'accueil des clients pour l'ouverture du magasin l'après-midi. Certains d'entre eux ont le visage si caractéristique de ceux qui ont été marqués par les épreuves de la vie. Ce visage cabossé, où l'on retrouve bonté et souffrance, dureté et vulnérabilité.

Mon cicérone remet un peu d'ordre en passant, prodigue ses conseils, fait parfois des remontrances, s'inquiète des uns et des autres. Tout à coup, elle se tourne vers moi. Elle est là pour m'expliquer, me faire découvrir et comprendre cet univers si particulier des communautés : « Tu sais, Martin, pour eux, heureusement qu'on est là », m'assène-t-elle comme une évidence ou une justification. La phrase est prononcée fort, elle doit être un peu sourde, elle peut être entendue par tous les compagnons qui s'affairent autour de nous. Elle me plonge dans un terrible embarras. J'ai l'impression de retrouver un médecin parlant à ses externes de ses malades à la troisième personne, comme s'ils ne comprenaient pas : « La petite dame est venue pour une douleur persistante dans l'abdomen. Elle pensait avoir une crise d'appendicite. En fait elle a une tumeur très avancée, avec extension péritonéale. » La petite dame n'est pas censée entendre, encore moins comprendre, et nous ne sommes pas supposés voir son regard interrogateur. Je me tourne vers les compagnons. Ont-ils entendu ? Ont-ils perçu la même chose que moi ? Nous sommes en train de leur dire que nous, les bénévoles, sommes leurs sauveurs, des personnages indispensables sans lesquels ils ne seraient rien. Ne devraient-ils pas nous remercier ? En ont-ils seulement conscience ? Quel malaise d'être ainsi intronisé dans la communauté par une telle apostrophe, par tant de condescendance. J'essaie de sortir de ma perplexité pendant que la sympathique bénévole fait quelques pas pour arranger un étalage de vieilles dentelles que des mains de compagnons ont dû maladroitement présenter. À ce moment-là, je sens dans mes côtes une grosse bourrade. Je me retourne et croise le regard du compagnon qui m'a donné ce coup de coude. Il a l'œil goguenard. L'autre, il l'a perdu. Le visage plissé de malice. Comme la plupart, il porte sur sa face la trace indélébile des années de rue. Il pointe un doigt jauni vers la bénévole et, dans un grand éclat de rire, lâche : « Tu vois, Martin, pour la vieille, heureusement qu'on est là. »

Je suis soulagé. Toute l'alchimie d'Emmaüs s'éclaire en deux minutes. L'illustration de la phrase de l'abbé Pierre, ou en tout cas que je crois pouvoir lui prêter : « Ici, impossible de savoir qui aide qui. »

Me voilà d'autant plus rassuré que l'on me donne la clé d'une autre facette d'Emmaüs quelques instants plus tard, cette fois à mon détriment. Le président de la communauté me désigne un autre compagnon, qui décharge un camion.

– Tu vois ce compagnon ? Auparavant, il s'occupait de la caisse. Et puis, il y a quelque temps, il est parti avec dix mille euros, et avec le camion. Il voulait rejoindre une fiancée en Italie.

– Et ensuite ?

– Il est revenu au bout de quelques mois, après avoir claqué tout l'argent. Il nous a dit que, tout compte fait, c'était dans la communauté qu'il se sentait le mieux.

– Et vous l'avez repris quand même ? Après ce qu'il vous avait volé ?

– Bien sûr. Sinon il serait à la rue. Mais je te rassure, il ne tient plus la caisse, maintenant. Et il doit rembourser.

– Rembourser dix mille euros ?

– Oui, mais au rythme de deux euros par mois.

– Deux euros par mois ? Mais il lui faudra quatre cents mois, plus de trois siècles, dis-je, tout fier d'avoir fait si rapidement le calcul de tête.

La réponse fuse :

– Et alors ?

J'ai, en peu de mots, compris un autre aspect des valeurs d'accueil d'Emmaüs…

Où l'on s'attarde sur la splendeur des Misérables

Qu'il est difficile d'évoquer *Les Misérables* sans trembler à chaque phrase d'écrire des banalités, d'énoncer des évidences, d'avoir un propos convenu.

J'ai eu une double chance : d'abord, celle d'avoir rencontré jeune *Les Misérables*. J'avais à peine 11 ans, l'âge de l'imprégnation. Ensuite, celle d'avoir d'emblée tenu entre les mains une édition intégrale, lourde, massive. J'ai ainsi pu faire cette première lecture au premier degré, en me passionnant pour le récit, tout en devant moi-même sauter certains passages interminables, ce que ne permettent pas les éditions amputées qu'on sert aux élèves. *Les Misérables*, avant de m'apprendre la misère, m'ont appris à lire en diagonale, à chercher moi-même mon chemin dans un monument touffu. Je me souviens aussi bien de l'intensité des passages que je dévorais que de ceux que je renvoyais à plus tard, dans mon impatience de suivre les héros : avoir sauté les descriptions de la misère, avoir écourté Waterloo, avoir survolé le couvent de Picpus, m'être peu intéressé aux leçons approfondies d'argot parisien pour les retrouver par la suite dans l'une de mes lectures suivantes.

Lorsque j'ai refermé le dernier tome, j'ai pleuré. Non sur le sort de Jean Valjean, l'ingratitude innocente de Cosette ou la trop tardive révélation de Marius. Non, j'étais troublé de penser que tant d'autres que moi avaient pu aimer ce livre. Comment cet ouvrage qui s'accordait si puissamment avec mes aspirations les plus intimes pouvait-il être partagé par des millions de lecteurs depuis un siècle ? Avoir ressenti les mêmes émotions que les autres lecteurs me donnait le sentiment d'être dépouillé de ma personnalité la plus profonde. J'ai alors calmé mes angoisses en m'efforçant d'écrire un pastiche des *Misérables*, manière de me les réapproprier pour moi tout seul.

Ce n'est que plus tard que j'ai perçu, au-delà de l'intrigue et du destin singulier des personnages, le message social de Victor Hugo. À la première lecture, je n'avais d'ailleurs pas compris le sens du titre. Ces belles figures n'étaient pas à mes yeux des misérables mais de véritables héros !

J'avoue qu'à la première lecture, je suis passé à côté de la misère, comme, dans la vie, beaucoup d'entre nous l'ignorent. Mais il est possible que cela soit la recherche perpétuelle de Fantine, de Jean Valjean et de quelques autres, qui m'ait conduit à tenter, des années après, de ne pas définir mes interlocuteurs par leurs conditions sociales, mais de voir en chacun d'entre eux des héros potentiels.

J'ai souvent pensé aux *Misérables* en organisant des tables rondes où des compagnons d'Emmaüs, des allocataires du RMI hier, du RSA aujourd'hui, étaient amenés à intervenir auprès de ceux qui détiennent les leviers du pouvoir sans établir de hiérarchie entre eux.

Que nous disent *Les Misérables* sur notre réalité sociale ?

D'abord, la rencontre entre le bagnard et l'évêque de Digne. Comment ne pas penser à la création du mouvement Emmaüs, né d'une rencontre entre un bagnard, Georges, et un ecclésiastique, l'abbé Pierre ? J'entends encore ce dernier raconter cet événement fondateur. Georges, qui nous rappelle que les bagnes n'ont été supprimés qu'en 1945, s'apprêtant à se suicider. L'abbé Pierre l'implorant ou plutôt lui intimant l'ordre de ne pas le faire : « Je n'ai rien à te donner, mais j'ai besoin de toi », et, cinquante ans plus tard, se remémorant : « Sans cette nouille de Georges (car il faut bien le dire, c'était une vraie nouille, ce Georges, répétait-il malicieusement), je n'aurais jamais eu l'idée d'Emmaüs. » On retrouvait chez l'abbé Pierre, comme chez monseigneur Myriel, l'idée qu'une rédemption valait bien une paire de chandeliers.

Ensuite, la pauvreté incarnée par une femme seule, peinant à élever sa fille. Il y a encore des Jean Valjean, mais il y a aussi des Fantine. On feint de découvrir le phénomène des « familles monoparentales », qu'on appelait alors avec moins de circonvolutions des filles-mères. Elles font peut-être l'objet d'une appellation moins infamante, mais elles constituent toujours aujourd'hui le noyau principal de la pauvreté. Ces femmes, qui doivent faire une double journée, qui se sacrifient pour un enfant, qui sont les proies d'employeurs indélicats, qui se ruinent la santé pour que leur enfant survive, et pour lesquelles crédit rime souvent avec surendettement.

Et puis les Thénardier. Principaux antihéros des *Misérables*, devenus un nom commun. Ce n'est pas un hasard. L'infâme couple Thénardier incarne avec une hideuse perfection ceux qui exploitent la misère. Ce sont les marchands de sommeil en France, ou ces intermédiaires des bidonvilles de Djakarta qui laissent vivre des familles dans les taudis en les pressurant pour qu'elles ramassent quinze heures par jour les bouteilles vides, s'enrichissant sur le recyclage.

Mais dans *Les Misérables*, les principaux personnages à avoir conservé un caractère d'actualité ne sont pas seulement des êtres humains. Ce sont aussi des lieux. C'est cette description étonnante des bouges qui rappellent encore beaucoup de lieux sordides où se concentrent les détresses humaines à Paris. Ce sont ces terribles cicatrices laissées par les fermetures des filatures du Nord, où la concentration de la misère reste aussi forte.

Les personnages, les lieux, mais également l'actualité saisissante des idées, ressortent de ce qu'écrit Hugo, dans l'une de ces digressions dont il a le secret :

« Premier problème : produire la richesse. Deuxième problème : la répartir. Le premier problème contient la question du travail. Le deuxième contient la question du salaire. Dans le premier problème il s'agit de l'emploi des forces. Dans le second de la distribution des jouissances. Du bon emploi des forces résulte la puissance publique. De la bonne distribution des jouissances résulte le bonheur individuel. Par bonne distribution, il faut entendre non distribution égale, mais distribution équitable. La première égalité, c'est l'équité […]. L'Angleterre résout le premier de ces deux problèmes. Elle crée admirablement la richesse ; elle la répartit mal. […] Le communisme et la loi agraire croient résoudre le deuxième problème. Ils se trompent. Leur répartition tue la production. Le partage égal abolit l'émulation. Et par conséquent le travail. C'est une répartition faite par le boucher, qui tue ce qu'il partage. Il est donc impossible de s'arrêter à ces prétendues solutions. Tuer la richesse, ce n'est pas la répartir. »

Plus tard, ma mère m'a fait lire *Extinction du paupérisme* que Louis-Napoléon Bonaparte avait écrit en prison quand son contempteur noircissait des pages en exil. Il y a une sorte d'ironie à penser que ces deux ennemis, Victor Hugo le géant et Napoléon III le petit, ont écrit presque simultanément les deux ouvrages. On a envie de proposer la réconciliation des contraires en trouvant la même actualité chez le futur despote se penchant sur les conditions d'une éradication de la pauvreté par une libre inspiration du socialisme saint-simonien que chez l'exilé peignant une fresque intemporelle de la misère.

Mais laissons les derniers mots à Victor Hugo : « Tant qu'il y aura sur la terre ignorance et misère, des livres de la nature de celui-ci pourront ne pas être inutiles. »

Où l'on découvre les limites de l'overbooking

Comme beaucoup d'enfants, j'étais fasciné par les avions. Je ne connaissais pas le concept de perspective. Aussi, quand j'en voyais un dans le ciel, je pointais l'index vers lui et l'avion apparaissait plus petit que mon doigt. Je me demandais comment on pouvait faire entrer des passagers dedans. Y avait-il au départ une machine à rapetisser les hommes ? Et à l'arrivée une autre machine pour leur redonner leur taille normale ? Cela m'a beaucoup perturbé, sans que j'ose faire part de mes interrogations que je pressentais stupides, incapable de réussir à les évacuer cependant, jusqu'à ce que je puisse visiter une caravelle à l'aéroport d'Orly, qui venait d'ouvrir. Une autre préoccupation chassa alors la première. J'aimais tellement les avions que je voulais emmener tous ceux que j'aimais dans un avion, pour les avoir avec moi : ma famille, mes instituteurs, mes amis. Mais vite, un problème surgissait. Il fallait bien évidemment faire monter à bord mon cousin Pierre. Mais Pierre avait lui-même un cousin, du côté de son père, fort sympathique. Je me disais que, quand Pierre monterait dans mon avion, il voudrait emmener ce cousin Michel, sous peine d'être lui-même victime du syndrome de manque que je voulais tant éviter. Mais, si Pierre avait un cousin qui n'était pas le mien et auquel il pouvait tenir autant qu'à moi, il était possible, par transitivité, que le cousin Michel ait lui aussi un cousin qui ne soit pas Pierre. Et pour que Michel ne soit pas malheureux, il fallait faire monter à bord cet hypothétique cousin. Et ainsi de suite. Cela ne s'arrêtait jamais. Je m'apercevais que le monde des être reliés les uns aux autres n'était pas un univers fini. Et je sentais que les avions ne pouvaient pas s'agrandir à l'infini. Je cherchai longtemps en vain une solution et je mis plusieurs années à me résoudre à abandonner cette idée de l'avion des miens.

Où l'on échappe, grâce à un pied à coulisse, au danger des hormones qui font grandir

Ma mère se souciait de ne pas voir ses enfants suffisamment grandir à son goût. Était-ce parce que son père et ses frères mesuraient tous plus d'un mètre quatre-vingts quand, dans la famille de mon père, on atteignait péniblement le mètre soixante-dix ? Avait-elle peur de faire de nous des adultes complexés ? Avait-elle été influencée par une mode, véhiculée par des pédiatres enthousiastes vis-à-vis de la science ? Je l'ignore, mais le résultat fut qu'elle m'emmena chez le fameux professeur Job, pédiatre endocrinologue de l'hôpital Saint-Vincent-de-Paul. Avec la ferme intention de me faire grandir.

Le professeur Job était réputé pour son maniement des hormones de croissance. Lui-même était tout petit, probablement à peine un mètre soixante. Il avait un visage en lame de couteau. Un triangle parfait en guise de nez, qui ressemblait à la proue d'un brise-glace. Ce n'était pas un pédiatre ordinaire, chez lequel on aurait trouvé des jouets, une atmosphère de maladies infantiles, un attirail de vaccination. C'était un scientifique qui n'avait pas face à lui des enfants mais des problèmes de dosage hormonaux. Il m'inspira d'emblée la plus grande méfiance et la plus parfaite antipathie. Qu'il me prescrive des radios osseuses des poignets qu'il regardait longuement pour détecter le stade de mon développement en mesurant soigneusement mes cartilages de croissance, passe encore, mais qu'il s'autorise à utiliser une sorte de pied à coulisse pour mesurer la taille de mes testicules, c'était plus que je n'en pouvais supporter. Encore heureux qu'il ne l'ait pas fait devant ma mère. Il m'entraînait dans une sorte de cagibi attenant à son cabinet, me demandait de baisser mon slip, sortait son instrument de mesure, et l'appliquait aux différents diamètres de mes testicules. Sans me demander mon avis, me plongeant dans une terrible gêne, puisque j'imaginais ma mère de l'autre côté de l'étroite cloison. Ces mesures savantes et barbares le conduisirent à me prescrire du Dianavit, qu'il me fallait prendre quotidiennement. Alors que j'enviais tant les enfants obligés de suivre un traitement, ayant envie d'être un malade dont on s'occupe, je détestais ces gélules censées remédier à ma petite taille. Lorsqu'il fallut revoir le professeur après quelques semaines de traitement pour une visite de contrôle, je décidai de me rebeller. Moi qui étais un enfant sage, sans histoire, docile peut-être, je me roulai par terre en traversant le boulevard de Port-Royal, en face de Saint-Vincent-de-Paul. J'entends encore les klaxons des voitures venues de la place Denfert-Rochereau, freinant brutalement devant ce petit garçon allongé sur les clous, sa mère l'attrapant par le bras pour le contraindre à se redresser. Il fallut me traîner pour que j'atteigne le trottoir d'en face. Ce fut ma dernière visite, comme patient, à Saint-Vincent-de-Paul. Ma mère comprit le message. Je lui signifiais que je préférais prendre le risque d'être petit plutôt que de soumettre la taille de mes testicules à un professeur en blouse blanche tenant un pied à coulisse. Ce fut la fin du traitement. Je ne dépasserais donc pas un mètre soixante et onze. Même si, par égard pour ma mère, et pour ne pas qu'elle pense que ses efforts ont été complètement vains, j'ai indiqué par la suite sur tous mes papiers d'identité la taille d'un mètre soixante et onze centimètres *et demi*, m'inventant un demi-centimètre supplémentaire, attribuable au Dianavit et au professeur Job.

La suite est anodine pour moi, mais dramatique pour de nombreux enfants. Le professeur Job était le président de France Hypophyse, association au cœur du drame de l'hormone de croissance contaminée. Je le retrouvai vingt ans plus tard, alors que je dirigeais la Pharmacie centrale des hôpitaux, l'établissement qui avait fabriqué ces produits mortifères. Il avait perdu beaucoup de sa superbe, mais rien de ses certitudes. Certains pédiatres étaient tellement convaincus qu'ils pouvaient changer la vie des enfants en les aidant à grandir qu'ils avaient encouragé le développement du traitement par l'hormone de croissance et contribué à ce que les précieuses hypophyses dont on extrait l'hormone soient collectées dans des conditions qui ne garantissaient pas leur sécurité. Des lots d'hormones contaminées avaient été mis en circulation. Près d'une centaine d'enfants sont morts dans de terribles souffrances, atteints de la maladie de Creutzfeldt-Jacob.

Quant au Dianavit, le médicament que j'ai refusé de prendre plus de quelques semaines, il a été retiré du marché à cause de ses effets secondaires.

Ceci m'a beaucoup appris. J'ai compris l'engrenage qui conduit des bons sentiments aux drames, des certitudes aux erreurs. J'ai compris ce que pouvait être la culpabilité des mères qui ont fait traiter leurs enfants. J'ai compris le principe de précaution.

Où l'on met encore en garde contre une manière artificielle de grandir

Quand j'étais invité à parler de mon expérience à Emmaüs, il y avait toujours de jeunes auditeurs pour venir me voir à l'issue de la conférence et me demander comment passer un an dans une communauté, en France ou en Afrique. Je me sentais obligé de les en dissuader, la mort dans l'âme, en leur expliquant qu'il n'y avait pas de statut pour les volontaires dans ce pays, qu'ils ne pourraient disposer d'aucune couverture sociale, qu'ils n'en tireraient aucune reconnaissance et que cela leur ferait encourir de trop gros risques dans une société qui accordait si peu de place aux jeunes. J'enrageais d'avoir à décourager des bonnes volontés, et à refréner un engagement spontané. Mais je ne voulais pas prendre la responsabilité d'entraîner ces jeunes sur un chemin incertain, moi qui n'avais personnellement, tout compte fait, pris aucun risque. J'avais l'impression, chaque fois, de gaspiller une ressource rare. Et lorsque je leur disais de revenir me voir une fois la retraite venue, je ne plaisantais qu'à moitié.

J'ai voulu que le service civique existe pour ne plus jamais avoir à décourager ces bonnes volontés. Pour ne pas laisser passer cette énergie, cette générosité, cette soif d'engagement. Pour qu'elles puissent au contraire s'accomplir, s'épanouir, se déployer. Pour que l'engagement soit possible. Que rendu possible, il puisse être encouragé. Qu'encouragé, il puisse être valorisé. Que valorisé, il puisse être reconnu. Et qu'il devienne naturel.

Que l'engagement ne soit pas le privilège de ceux qui ont les moyens de prendre ce risque, et qu'il n'évolue pas en un luxe réservé aux retraités à cheveux blancs, aussi respectables soient-ils. Que la norme sociale soit changée. Qu'il ne devienne pas étrange de s'engager mais suspect de ne pas le faire. Que toute l'énergie proposée puisse être mobilisée. Mais aussi que toutes celles et ceux qui, spontanément, n'émettent pas le vœu de se porter volontaires puissent être incités à le faire. J'ai aimé affronter les quolibets de ceux qui estimaient que la jeunesse ne voulait plus s'engager pour le plaisir de leur démontrer le contraire. J'ai aimé promouvoir un service civique choisi quand certains prônaient l'obligation, car je savais qu'ils faisaient fausse route. N'avais-je pas moi-même cru, quelque temps, à l'obligation, avant que les volontaires eux-mêmes m'expliquent le sens de ce terme et que c'était un contresens d'obliger à être volontaire ? J'aime à convaincre les jeunes de venir nous rejoindre. J'aime quand les parents nous appellent parce qu'ils veulent que leur fils, leur fille fasse un service civique. J'aime l'idée que nous parviendrons un jour à faire en sorte que les jeunes handicapés puissent eux-mêmes se sentir complètement utiles à la société en s'engageant pour un service civique, sans laisser simplement les valides venir les aider, ce qui est pourtant nécessaire.

Je me réjouis quand je vois des jeunes qui n'ont pas dans leurs gènes celui de l'engagement y succomber d'eux-mêmes. Ont-ils déjà fait ces rencontres décisives ? Les feront-ils pendant le service civique ? Serai-je capable de leur transmettre ce qui m'a été légué ? Ai-je la même force que ceux qui ont déclenché chez moi ce besoin vital ?

Pour bien me faire comprendre un jour, devant un auditoire d'élèves d'une grande école, j'ai terminé par une mise en garde :

« Aujourd'hui, vous avez un idéal. Vous êtes remplis d'énergie, d'enthousiasme, de générosité, de bonne volonté. Vous rêvez d'un monde plus juste, moins cruel, avec moins de pauvres, moins de conflits, moins d'inégalités, moins d'échecs. Vous n'avez pas envie de voir votre environnement se dégrader, la planète se détruire. Vous ne pensez pas que les valeurs matérielles soient supérieures aux valeurs des idées. Le racisme, la xénophobie vous font horreur. Vous ne souhaitez pas que le monde vous échappe. Mais vous savez que vous aurez du mal à trouver une place dans un univers dur, exigeant. Vous avez besoin d'un diplôme, d'un travail, de ressources. Il vous faut convaincre aujourd'hui vos professeurs de vos capacités, demain vos employeurs de votre productivité. Votre enthousiasme vous paraît à l'heure actuelle indestructible, éternel, mais le système éducatif et le système économique vont vous faire croire que grandir, c'est vous départir de votre idéal.

Être jeune, c'est être idéaliste. Jusque-là, rien de plus normal. On encourage cette fraîcheur comme on rit d'un bébé turbulent. Comme s'il y avait le stade anal, le stade buccal, puis le stade idéal. Chez les êtres normalement constitués, le stade idéal commence vers 15 ou 16 ans, et doit se terminer vers 20 ans chez les enfants précoces. Ceux qui le prolongent, comme s'ils tardaient à perdre leurs dents de lait, restent idéalistes jusqu'à 25 ans. Au-delà commence l'état pathologique. L'inadaptation. Si les docteurs de l'ordre établi leur faisaient subir une "IRM sociétale", ils seraient capables de trouver sur les coupes de leur cerveau des images suspectes. Des métastases d'idéalisme ?

Toute la pression éducative est faite pour prévenir les rechutes. Aux jeunes, on apprend à être réalistes. À séparer le bon grain de l'ivraie, le sérieux du fantaisiste, le réel du rêve, le solide de l'utopie. Ce parti pris éducatif a ses vertus. Bien sûr que l'éducation est faite pour armer, pour permettre de se mouvoir dans le monde tel qu'il est, et faire face aux écueils. C'est le réalisme. Mais si ce n'est que cela, c'est catastrophique. Cela revient à former des jeunes vieux.

Ne vous laissez pas convaincre que l'idéal est comme l'acné : un phénomène transitoire qui marque le passage à l'âge adulte, mais dont on peut heureusement et sans douleur se débarrasser. Il se voit aujourd'hui, il peut disparaître demain. On va même vous aider à le faire disparaître. On va vous persuader que le passage à l'âge adulte est le renoncement à votre idéal. De bonnes âmes, dans lesquelles vous avez confiance, vont vous aider à faire cette mue. Oh, elles ne vous diront pas que c'est mal. Au contraire, elles qualifieront votre idéal de "sympathique". Progressivement, elles vont faire en sorte que vous puissiez le cantonner dans des activités périphériques, l'association des élèves, un petit temps extrascolaire, un mois d'été. Elles ne vont pas l'attaquer de front. Elles vont l'extirper délicatement sous anesthésie. Et, sans que vous en ayez conscience, vous allez regarder avec condescendance cet idéal qui s'éloigne, s'affadit, s'estompe. Il ne disparaîtra pas complètement. Ceux qui s'y prennent le plus mal auront périodiquement ce qu'on appelle des "crises de sens", comme une manifestation très tardive de la crise d'adolescence. La plupart seront capables de conserver cette petite flamme en veilleuse pour la ranimer une fois la retraite venue. Dans quarante ou cinquante ans, ils sauront la retrouver, la faire à nouveau grandir. Ils s'engageront comme bénévoles.

Une éducation réussie est une éducation qui cultive l'idéalisme, qui prépare les jeunes à changer la société, et les encourage à vouloir transformer le monde, tout en les dotant des clés pour le faire bouger de l'intérieur.

Il ne s'agit pas d'attendre d'avoir les cheveux blancs pour renouer avec ses idéaux de jeunesse. Cette flamme de l'engagement doit être entretenue, ranimée quand elle vacille, nourrie perpétuellement, encouragée, valorisée. Une politique de jeunesse n'est pas une politique qui contribue simplement à intégrer les jeunes dans la société telle qu'elle est. En tout cas, elle ne peut pas être que cela. Elle doit s'adapter aux aspirations des jeunes. Non pas de manière démagogique, mais en se livrant à un exercice critique, en les aidant à débusquer leurs propres contradictions, en respectant leurs idéaux, en s'interrogeant sur leur pertinence. En cherchant la pertinence de l'impertinence. En refusant l'indifférence à la différence.

Vous serez vite confrontés à de cruels dilemmes : vous mettre au service de votre idéal, c'est prendre le risque d'être considérés comme des marginaux, c'est peut-être compromettre vos chances de réussir, de faire carrière. Vous vous sentirez écartelés. Les alarmes de la raison lutteront contre les sirènes de la passion. Vous serez sensibles au regard des autres, qui guettent le moment où vous serez capables de vous défaire de votre peau enduite d'idéal, pour vous glisser dans une carapace plus rugueuse, plus adaptée à un monde dur.

Et si vous résistiez ? Et si grandir, ce n'était pas se départir de son idéal, mais au contraire se donner les moyens de le faire vivre ? Si le système éducatif se trompait ? S'il défendait cette thèse pour légitimer sa propre trajectoire, pour conserver son pouvoir ?

Je vous propose une autre manière de grandir. Cultivez votre idéal. N'en faites pas un reliquat de l'enfance, mais au contraire une quête de l'âge adulte. Construisez votre carapace, non pas pour faire preuve de dureté à votre tour, mais au contraire pour vous protéger des sourires narquois, de la condescendance.

Utilisez ce qu'on vous enseigne pour renforcer vos convictions. Ne vous en laissez pas distraire.

Ne considérez jamais comme acceptable ce qui vous paraît intolérable aujourd'hui. Ne portez pas un regard distancié sur vos élans spontanés.

N'écoutez pas ceux qui fustigent les “bons sentiments”. Demandez-leur s'il faut vraiment leur préférer les “mauvais sentiments” ?

Ne vous trompez pas de naïveté. Ils appelleront naïveté le fait de croire en un monde meilleur, plus solidaire. Vous leur opposerez la naïveté de ceux qui pensent que le monde peut survivre sans engagement. Gardez-vous toutefois de penser qu'on peut bousculer l'ordre établi sans connaître les rouages de la machine, sans s'y intégrer. Refusez la facilité de l'incantation.

Et pensez à ce vers de Paul Eluard : “Rien jamais ne disparaîtra plus de ce qui mérite de vivre.” »

Où il est question de résistance par imprégnation

J'ai depuis toujours entendu parler du Chambon-sur-Lignon quand mes parents m'y emmènent pour la première fois, alors que j'ai une dizaine d'années. Ce village de légende où ma mère et mon père ont été réfugiés pendant la guerre. J'ai été bercé par les histoires de ce haut lieu du protestantisme et de la Résistance. Et le découvrir m'intimide. Les Sarzier, cette pension de famille où vivait ma mère, avec ses deux frères et ma grand-mère. Mon grand-père maternel était mort subitement pendant la « drôle de guerre », engagé volontaire, alors qu'il avait déjà fait la Grande Guerre comme poilu, et qu'il était donc dispensé de se réengager. La ferme Chalencon, où logeait la famille de mon père : mon autre grand-mère, mon père, ses deux sœurs et son frère. Mon grand-père paternel était parti, lui à Londres, dès le 18 juin 1940. Ils ont été séparés quatre ans, trois mois et deux jours, soit mille cinq cent quatre-vingt-deux jours. C'est la famille de ma mère qui a fait venir celle de mon père. Après avoir erré entre Pau, Avignon, Miramas, ils avaient eu connaissance de ce village de Haute-Loire avec le pasteur Trocmé et le pasteur Theis. Il y avait là aussi la sœur de ma grand-mère maternelle, Raymonde, dont le mari, Pierre Bernheim, avait été déporté, passant par Drancy, puis étant envoyé à Auschwitz, où il allait être rejoint par mon arrière-grand-père, Alexandre Bernheim.

C'est au Chambon que ma mère est tombée amoureuse de cet adolescent qui, à 16 ans à peine, enfourchait son vélo pour rejoindre le maquis. Il allait passer un an là-bas avant de rejoindre le premier bataillon de choc et de participer, aux avant-postes, à la campagne d'Alsace puis à celle d'Allemagne.

Notre père veut nous faire découvrir les lieux de la Résistance. Il nous emmène sur les hauteurs du Chambon, pour nous montrer l'arrière-salle où les maquisards se retrouvaient. Une ferme qui fait café. À Saint-Clément, dans un hameau qui surplombe le village. « Elle n'a pas changé », nous dit-il. Elle semble figée dans le temps. On pousse la porte et on entre dans une salle sombre. Il y a un peu d'alimentation à vendre sur les rayonnages. Quelques tables en bois où l'on peut s'installer. La patronne arrive. Elle n'est plus de la première jeunesse. On commande. Puis mon père lui demande : « Vous vous souvenez des maquisards qui venaient chez vous pendant la guerre ? – Et comment que je m'en souviens. Ils me chapardaient toutes mes réserves de sucre, ces voyous-là. » On se regarde, on rit, on ne dit rien. Et je crois me rappeler que mon père laisse un bon pourboire.

J'ai été élevé dans les souvenirs de la Résistance. C'est curieux, parce que je n'ai pas l'impression que mon père était un vantard. Je n'ai pas le sentiment qu'il se glorifiait de ce qu'il avait accompli si jeune. Je ne considère pas qu'il m'ait rabâché ses faits d'armes et ses souvenirs d'ancien combattant. Que cherchait-il ? Probablement à nous imprégner, de la même manière qu'on fait rentrer dans le derme une substance fortifiante ou apaisante. Il partageait son histoire comme s'il souhaitait que nous puissions nous approprier ses souvenirs, comme s'il avait voulu compléter la transmission des gènes par celle des actes.

Alors ces légendes me poursuivent. Le vélo volé pour rejoindre le premier bataillon de choc, laissé à la gare de Saint-Étienne et que j'ai toujours eu l'impression de chercher, chaque fois que je passais à la gare de Riocreux, comme s'il était de mon devoir de le rendre soixante ans après à son propriétaire. L'uniforme trop grand pour un garçon d'à peine 16 ans, pris à un mort, et auquel il avait fallu faire un revers en catastrophe. Les munitions mouillées après deux jours de traversée sous la pluie et qu'un imbécile de soldat avait cru malin de faire sécher au four, jusqu'à déclencher une série d'explosions. Le Boche qui s'apprêtait à abattre un soldat et le récit qu'on en trouve dans un livre d'ancien combattant :

« L'odeur de la poudre se mêle à celle de la terre pourrie des sous-bois. Les adversaires sont encore plus près que tout à l'heure. Ils occupent tout l'horizon. Morel dévisage l'homme qui vient vers lui. Une stature imposante, une vareuse impeccable, l'insigne des combats du corps à corps, l'insigne des blessés. À la boutonnière, un ruban.

Morel se lève pour mieux ajuster son tir, mais son talon accroche une racine et il tombe lourdement en arrière en pensant que cette fois, c'est fichu, la baraka est partie.

Non. Car Hirsch a tiré. Bernard Hirsch est sans doute le plus jeune de la section. C'est un jeune étudiant parisien, venu s'engager au bataillon à la fin septembre, sans avoir eu le temps d'acquérir les rudiments d'une quelconque instruction militaire. Il fait un peu civil déguisé et sa tenue, trop grande pour lui, dont les manches lui couvrent les doigts, accentue un peu plus cette impression. Mais Hirsch se moque de l'élégance. Il est heureux comme ça, toujours de bonne humeur, adolescent prolongé au regard doux.

Hirsch a tiré, mais à côté et il manque l'adversaire à deux mètres. Sa rafale a pourtant dû passer très près car l'Allemand plonge dans un taillis où un FM [fusil-mitrailleur] le cueille enfin. Morel soupire, il était temps. »

Heureux, cet adolescent au sourire doux ?

Ce n'est pas ce que donne à penser cette lettre, adressée au commandant Fayol, le chef du maquis d'Yssingeaux qu'il était allé rejoindre, et dont je découvre un brouillon, plié dans un livre sur le maquis :

« Mon commandant,

J'ai été salement incorrect de ne pas vous avoir écrit depuis le moment où j'ai quitté le Puy. Mais entraîné par les cours des événements, qui ont été assez mouvementés, et n'ayant pas votre adresse, j'ai remis de jour en jour soit par force soit par flemme le moment de vous écrire. Qu'il est loin, aujourd'hui, le jour où je vous avais été présenté chez Eyraud et où vous m'envoyiez faire des balades à bicyclette !

En quittant le Puy, j'ai été à Saint-Étienne où je me suis engagé dans l'armée d'Afrique. J'ai été affecté au bataillon de choc, en principe unité de parachutistes, mais qui maintenant va à pied, comme tout le monde. Tout de même, c'est un bataillon épatant avec des camarades très chic, presque tous évadés de France. Ils ont fait la Corse, l'île d'Elbe et ils ont débarqué six heures avant les troupes régulières et pourtant ils ne m'ont jamais traité en bleu, même pour les corvées.

J'ai eu mon baptême du feu à Dijon et depuis, on s'est gelé dans pas mal de forêts, eh bien la guerre, c'est vraiment quelque chose de dégoûtant, ceux qui racontent que cela exalte les qualités même "viriles" sont des blagueurs. Cela n'excite que ce qui est bas, l'égoïsme, la peur et la cruauté. »

Et mon père lui-même relate ce baptême du feu dans ses carnets à spirale :

« Pour la première fois de ma vie je participe à une vraie bagarre. C'est un événement qui compte dans une existence. Jusqu'à présent j'avais cru que je ne tenais pas à la vie, j'ai eu même quelquefois l'intention de me suicider, mais aujourd'hui que j'ai vraiment frôlé la mort, j'ai compris qu'il y avait un instinctif désir de vivre. Après avoir roulé toute la nuit, nous avons contourné à l'aube Dijon pour attaquer par la route de Paris à six kilomètres de la ville. Nous avons progressé.

Pendant deux kilomètres, baissés, protégés seulement par les fossés de chaque côté de la route et sous le feu continu des mitrailleuses à quelques centaines de mètres à droite. Les balles sifflaient et explosaient à quelques centimètres de nous et c'est un miracle que nous n'ayons pas eu plus de pertes. J'ai eu peur et n'étais pas le seul. Tous les anciens qui avaient fait la Corse, Elbe, Toulon étaient comme moi. Les chars qui auraient dû patrouiller sur la route et nettoyer les mitrailleuses n'ont pas osé s'aventurer. Nous avons donc dû nous replier sous le feu d'armes automatiques qui tendaient à nous prendre d'enfilade. Je n'ai jamais fait un mille mètres à une telle vitesse et, ce qui m'a fait plaisir, c'est de voir que les camarades qui pourtant avaient fait un entraînement de troupe d'élite étaient au moins aussi claqués que moi. Au bout de deux kilomètres, en tête on annonce les "blindés boches". C'est alors la débandade, beaucoup de types perdent la tête et c'est grâce à Morand que nous avons pu refaire front. C'est le tour des Boches d'être en mauvaise posture et nous en avons descendu quelques-uns. »

Hirsch a tiré. Je me souviens de ce regard évasif quand je répétais mille fois la question : « As-tu tué quelqu'un ? » Je revois ce revolver conservé de la guerre, en haut d'une armoire, et que mon père se décida, cinquante ans plus tard, à jeter dans la Seine du haut du pont de Sèvres, pris d'une peur subite qu'un enfant joue avec et se blesse. Il se trouve que c'était le jour de l'assassinat de Joseph Fontanet qu'il décida de s'en séparer et que nous avions l'impression d'être des clandestins, tremblant d'être arrêtés par des policiers nous interpellant en train de nous débarrasser d'une arme et nous prenant pour les assassins de l'ancien ministre. J'ai l'impression d'avoir moi-même entendu cette déflagration d'un canon mal réglé, qui faillit lui mettre les « moustaches en croix », comme il disait, mais qui le blessa sérieusement à l'œil et lui laissa une cicatrice sur la joue. La libération de l'Alsace, puis l'entrée en Allemagne. Les camarades de régiment, dont Michel Poniatowski, son ancien sergent, qui, devenu ministre de l'Intérieur, continuait à tutoyer mon père, même le jour où il le limogea de ses fonctions et le contraignit à quitter sa ville nouvelle. Ce qui m'impressionnait le plus, c'était de dire « tu » à un ministre.

Le maquis, la Résistance, le premier bataillon de choc, la croix de guerre et la transmission de quelque chose qui n'avait rien d'héroïque. Il ne racontait pas sa guerre, il racontait une adolescence.

Où il est question de résistance à la foi

Mes actes de désobéissance sont peu nombreux. Il y en a un cependant qui continue de m'intriguer. Mon refus obstiné de l'éducation religieuse.

Je n'étais pourtant pas réfractaire à l'histoire sainte. *Au commencement* était un de mes livres préférés, dans lequel je me plongeais comme d'autres se noient dans des bandes dessinées. C'était un Ancien Testament écrit et illustré pour les enfants. Sur la couverture, les animaux de l'arche de Noé. Je l'ai dévoré avec avidité. J'ai méprisé le veau d'or en compagnie de Moïse. J'ai craint les sauterelles. J'ai détesté Ésaü. J'ai pleuré avec le vieux Jacob. J'ai soutenu Joseph. Je n'avais pas besoin de croire en Dieu pour être captivé par cette histoire. Je l'ai lue assis sur les marches d'un escalier, où je passais des heures à enchaîner les livres, les uns après les autres. Lire sur un lieu de passage plutôt qu'enfermé dans une chambre. Ce besoin d'être enjambé par ceux qui montaient ou descendaient l'escalier et que je n'entendais même pas pester : « Mais tu ne peux pas te mettre ailleurs ? » Non, je ne peux pas. Cette avant-dernière marche de l'escalier est mon salon de lecture. C'est sur le palier qu'est la bibliothèque où *Au commencement* voisine avec les contes et légendes. Lorsque je le termine, je descends, triomphant : « Maman je suis arrivé à Jésus ! » Enfin un personnage familier. Je vois ma mère froncer les sourcils et s'étonner de trouver Jésus dans l'Ancien Testament. Je maintiens. En fait il s'agit de Joshua, qui clôt ce livre. Jésus n'a rien à faire dans l'Ancien Testament, évidemment.

Ma mère souhaitait que nous fréquentions l'école protestante du dimanche. Celle du pasteur Péclard dont on faisait grand cas. Mes frères et sœur y allaient et c'est tout naturellement que j'y ai été inscrit à mon tour. Moi, enfant sage, lecteur passionné de l'Ancien Testament version illustrée, amoureux de l'école, je refusai obstinément d'y mettre les pieds. J'eus besoin d'avoir recours, comme pour le professeur Job, à la technique de la « roulade par terre » sur la voie publique. Ma mère dut se résoudre à ce que je n'écoute pas les cours du pasteur Péclard. Je ne sais toujours pas ce qui motivait mon refus. Comment pouvais-je avoir conscience que l'éducation religieuse était un endoctrinement ? Je ne m'explique pas cette intuition.

Il faut dire que la situation n'était pas simple. Mes parents, peu après ma naissance, avaient conduit leurs quatre enfants à l'oratoire de la rue du Louvre, pour leur faire subir un baptême protestant. Protestantisme : la religion que ma mère avait héritée de son père, qu'elle avait perdu quand elle avait à peine 12 ans. Il était lui-même petit-fils de pasteur. Il avait épousé une femme d'origine juive et ma mère, ainsi que je l'ai dit, avait dû se cacher pendant la guerre, dans ce haut lieu du protestantisme qu'est Le Chambon-sur-Lignon, après avoir porté l'étoile jaune. Son attachement au protestantisme était certainement lié à la disparition précoce de ce père. Ce qui ne l'empêcha pas d'épouser à son tour un juif et de s'entendre dire, quand elle l'annonça au pasteur Trocmé : « C'est logique. Il y a deux catégories dans ce bas monde : d'un côté les juifs et les protestants, de l'autre les catholiques et les communistes. » Pourquoi avoir voulu nous baptiser, les quatre d'un coup ? La peur d'un retour de l'antisémitisme ? L'envie de transmettre la religion du père ? Au moment où je refusai l'école du dimanche, je ne connaissais pas ces histoires. À peine en avais-je une idée confuse. Je ne distinguais pas les différentes religions. Mon refus ne pouvait du reste pas être motivé par une conscience précoce de mes racines juives. Je me souviens en effet qu'à la même époque, j'avais un rite secret, consistant à invoquer Jésus pour qu'il me protège. Le soir, une fois couché, je pratiquais une prière de mon cru qui passait par un agenouillement les mains jointes puis par l'adoption d'une posture christique : je me mettais debout, les bras en croix, et je demandais à Jésus son aide pour la dictée ou la rédaction du lendemain, pour l'obtention d'une bonne note, pour la réussite d'une audition de violoncelle. Comme cela avait dû fonctionner une fois, ce rite était devenu une superstition. Je n'étais pas persuadé que Jésus, personnage que je cernais mal, écoute ma prière intéressée ni même qu'il soit capable de l'exaucer, mais les notes et appréciations étaient bonnes. Et je craignais que la rupture du rite puisse avoir un effet désastreux. Impossible donc de m'endormir sans avoir fait, même à une vitesse ultra-rapide, la prière. Ce rite devait rester secret. Je craignais chaque fois d'être surpris par ma mère qui aurait oublié de m'embrasser ou de me border. Et ma pseudo-foi devait donc rester clandestine. Était-ce par pudeur ? Ou plutôt parce que j'avais conscience d'opérer un détournement de religion à des fins personnelles ? Ces prières étaient des prières coupables. Je m'adressais à ce Jésus mal identifié comme à une solution de facilité. C'était mon érythropoïétine spirituelle. Et si on en venait à découvrir que mes bonnes notes étaient usurpées ? Qu'elles provenaient de ce dopage régulier ? Était-ce pour ne pas avouer ce culte intime que je refusais l'école du culte ? Était-ce pour ne pas être percé à jour ? Pour conserver ce rapport particulier avec la puissance divine qui exauçait si bien mes prières ? Était-ce au contraire un souhait inconscient de ne pas me retrouver prisonnier d'un protestantisme que je n'aurais plus pu renier, une fois le certificat de l'école du dimanche obtenu ? La foi est un mystère et mon refus de la foi reste pour moi un aussi grand mystère.

Quant à mon père, quand on l'interrogeait sur le sujet, il s'en tirait par la boutade du vélo rouge. Il expliquait qu'il ne pouvait pas croire en Dieu, ni en aucune religion, à cause de la trahison du vélo rouge. Son grand-père avait promis à chacun de ses petits-fils un vélo rouge quand ils auraient fait leur bar-mitzvah. Il était la principale motivation pour aller au Talmud Torah apprendre les rudiments d'hébreu nécessaires pour la bar-mitzvah, qui se passe à 13 ans. Né en juillet 1927, mon père a donc accompli cette cérémonie en juillet 1940. Les circonstances ont cependant rendu impossible le don du vélo rouge. Le grand-père, auteur de la promesse, a eu, lui, droit au train pour Auschwitz, sans retour. « Comment voulez-vous que je fasse confiance à la religion, maintenant ? » disait mon père. Je ne savais pas bien s'il était sérieux quand il reprochait au grand-père Alexandre de ne pas avoir été en mesure de tenir son engagement ou si cette boutade était une manière de camoufler la tristesse d'avoir perdu un être si formidable. Mais le résultat était le même : mon père était réfractaire à toute croyance. Je ne l'ai jamais entendu dire un mot d'hébreu. Ceci ne l'empêchait pas de nous rappeler qu'à Rosh Hashana, pour la nouvelle année, il est de tradition de manger des pommes au miel. Seules les pommes au miel sont restées.

Aussi curieux que cela puisse paraître, lorsque je suis entré à Emmaüs, je n'ai pas du tout pris conscience de sa dimension religieuse. Je n'avais pas fait le lien avec l'abbé Pierre.

Je ne prétendrais pas ne pas avoir entendu parler de lui, mais il s'agissait pour moi davantage d'un personnage légendaire que d'une personne réelle. À l'époque il n'était pas revenu au faîte de sa gloire. Et je n'établissais pas de lien direct avec les communautés Emmaüs. Emmaüs, pour moi, c'était plutôt ce centre près de Pontoise, dont nous voyions les panneaux d'annonce et les compagnons – j'ignorais alors ce terme – à la mine patibulaire qui venaient ramasser nos vieux vêtements.

Mon intégration à Emmaüs n'a donc rien à voir avec l'abbé Pierre, que je ne m'imaginais pas côtoyer. Elle est liée au talent de persuasion de personnes qui me semblaient aussi sympathiques qu'hétéroclites et qui ont procédé à mon recrutement. Ils étaient quatre. Le premier – je l'ai déjà évoqué – était Gérard Prigent. Le deuxième était Hervé Le Ru, un curé défroqué, marié, qui jouait le rôle de penseur dans le mouvement. S'il avait lâché la soutane, il n'avait rien oublié de son passage dans l'Église. Il parlait toujours comme un prêtre, ne savait s'exprimer que par sermons, avait écrit un livre dont le titre en dit long – *De l'amour au management* –, où il exposait sa théorie sur Emmaüs et les communautés. Dominique Jeanningros était le troisième personnage. Un type solide, venant du Doubs, ayant conservé son accent, avec une poignée de main forte et franche, des yeux bleus au regard doux, des plissements qui trahissaient sa bonté et sa bienveillance. Il avait été pendant longtemps responsable de communauté, avant de rejoindre le « 32 ». Le 32, c'était le siège d'Emmaüs. Le 32, c'était le 32 rue des Bourdonnais, un immeuble historique en plein cœur de Paris, mitoyen du BHV et à deux pas des Halles, offert à l'abbé Pierre après l'appel de 1954. Plusieurs structures d'Emmaüs y avaient leur siège et s'y était ouvert un lieu d'accueil pour les personnes à la rue, qui ne désemplissait que rarement. Le quatrième homme était celui que j'étais appelé à remplacer, Dominique Moyen, dont j'étais censé avoir le même profil. Il était ingénieur des mines, passé donc par l'École polytechnique et le Corps des mines, plein d'humour et de générosité. Je ne me souviens plus comment Emmaüs l'avait attiré dans ses filets, mais il savait partager sa passion et son enthousiasme.

C'est Dominique Jeanningros qui m'a fait visiter mes premières communautés. J'ai découvert cet univers où le travail est central, mais avec une autre conception que celle que l'on rencontre dans les entreprises.

Je me souviens durant ces premiers mois d'avoir été victime d'un bizutage. Après avoir fait le tour des ateliers, des salles de ventes et du lieu de vie, on me conduisit dans la salle à manger où avaient été réunis les compagnons. Le responsable de la communauté me présenta en une phrase : « Voilà Martin, qui veut devenir président de l'Union centrale des communautés Emmaüs. Je vous laisse discuter », avant de se retirer et de me laisser seul avec les compagnons.

Petit moment de vertige. J'étais face à eux, avec mon costume gris, ma chemise impeccable, mon cartable dans lequel j'avais eu juste le temps de glisser ma cravate, dénouée avant d'arriver à la communauté. Face à moi, une bande de compagnons, clope au bec, goguenards. De quoi parler ? Comment entamer une conversation ? Quel ton adopter ? Comment ne pas paraître ridicule, décalé, supérieur, incompréhensible, techno, distant, ignorant, pédant ? Comment accepter les blancs, les vides ? Et les meubler ?

Je suis infiniment reconnaissant au responsable qui m'a fait vivre ce moment. Il a été décisif. Une formation accélérée. Une immersion parfaite. J'ai compris que je n'avais pas d'autre choix que de parler normalement. Et j'ai passé un moment formidable sous le feu des questions. « Et tu gagnes combien ? – Et pourquoi t'es ici ? – Et qu'est-ce que ça t'apporte ? – Et tu vas nous augmenter le pécule ? – Et tu as visité quelles autres communautés ? Et tu connais untel et untel ? »

J'ai repensé à ces moments en blouse blanche au lit de malades. Ces moments où l'enjeu est simplement de défaire un rapport de force, établi malgré vous, sans que vous y soyez pour rien, provoqué par la seule vue de vos attributs. La blouse, éventuellement la cravate qui transparaît sous la blouse, le stéthoscope, la manière dont le col est relevé (ce que ne peuvent faire les agents hospitaliers ou les infirmières), le nombre de stylos dans la poche, le vocabulaire abscons. Situation inverse des situations courantes. En théorie, il ne s'agit pas de prouver qu'on peut dominer, qu'on est à la hauteur, mais au contraire, d'établir la confiance sur une autre base.

N'ayant pas véritablement fait le lien entre ce que je découvrais d'Emmaüs et l'abbé Pierre, je n'avais pas le moins du monde pensé à la dimension confessionnelle de ce mouvement. Aussi, je ne voyais aucune raison de faire état de ma situation au regard de la religion, pas plus que quand je passais des concours ou que je changeais de travail. Je perçus quand même assez vite qu'il y avait un petit côté catholique dans cette association. Mon rapport à la religion était compliqué et je n'avais nulle envie de m'étendre dessus. Mais surtout, puisque je n'en avais pas parlé au début, j'avais du mal à le faire plus tard. J'étais comme un enfant qui n'a pas avoué à ses parents qu'il a perdu la belle écharpe qu'on vient de lui offrir et qui essaie de camoufler la perte sous des prétextes divers, jusqu'à ce que cela ne suffise plus : prétendant un jour qu'il fait trop chaud pour mettre une écharpe, un autre jour que le col roulé suffit, un troisième jour qu'il ne va pas la prendre pour ne pas l'oublier, il doit, une fois tous les prétextes épuisés, se résoudre douloureusement à dire la vérité.

Emmaüs n'est pas une association cultuelle. Elle se revendique comme laïque. Quand, quelques années plus tard, on allait m'interroger sur son côté confessionnel, j'aurais d'ailleurs l'habitude de répondre : « Emmaüs est une association laïque fondée par un curé, comme la Cinquième République est une République civile fondée par un général. » Mais dans cette laïcité, la chrétienté était implicite. Les valeurs étaient chrétiennes, l'atmosphère était chrétienne, les références étaient chrétiennes et le fondateur était curé. Plus les mois passaient, plus je me sentais imposteur. « Demain, je leur dis. » Je savais bien qu'on avait le droit de ne pas être catholique, que d'ailleurs la plupart étaient d'une extrême tolérance. Mais mon tort était de ne pas en avoir parlé d'emblée. De ne pas avoir purgé le sujet. Et j'avais le sentiment d'avoir caché une tare, qui n'en était pas une, et d'avoir trompé leur confiance. Je n'arrivais pas à faire ce qui, progressivement, s'apparentait à un coming out. Quand il fallut prendre position sur l'affaire Garaudy, je ne fis pas état de mes origines, comme si je m'abstenais de remplir une déclaration d'intérêt. Lorsque, quelques années plus tard, je partis avec Stéphane Hessel et Raymond Aubrac en Israël et en Palestine pour un périple qualifié par la presse de voyage d'« intellectuels juifs », j'espérais que personne au sein d'Emmaüs ne lirait les journaux relatant cette visite. Quand nous étions chez l'abbé Pierre en fin d'après-midi et qu'à 17 h 45, il demandait qu'on préparât la table pour qu'il puisse servir la messe, je regardais ma montre et prétextais une obligation, priant (laïquement) pour que personne ne constate que j'en avais systématiquement une sur le coup de 18 heures !

Je me suis souvent demandé d'où venait cette gêne à l'origine d'une situation si absurde. Personne ne m'aurait reproché de ne pas être catholique, et pourtant je dissimulais une caractéristique qui n'avait pas à rester clandestine ! Outre ma couardise, que j'ai constatée en plusieurs autres occasions, il y avait en moi cette difficulté à se définir. Il m'a toujours été interdit de me revendiquer juif, ce qui, pour mes parents, aurait signifié donner raison aux nazis. Certes, mes trois grands-parents, dont mes deux grand-mères, étaient juifs, mais n'avais-je pas été baptisé protestant ? Mon ignorance des rites religieux m'autorisait-elle à me considérer comme juif ? Devais-je utiliser l'horrible expression « J'ai des racines juives. Je suis d'origine israélite », m'engager dans de longs développements sur un rapport compliqué à la religion ? Cela me semblait hors de portée. Et je préférais conserver le silence sur ce sujet et la gêne d'un aveu non formalisé. La situation a empiré quand j'ai été porté à la présidence d'Emmaüs France. Comment allais-je faire quand je serais chargé d'incarner le mouvement ? Je continuais à fuir le sujet et à préférer un silence ambigu. Je fus pourtant souvent confronté à la question. Des journalistes m'interrogeaient, me demandant si ma foi était à l'origine de mon engagement. Je me contentais d'une rapide dénégation. J'ai tenu comme cela jusqu'au bout. Je ne craquai qu'une seule fois, face à l'un de mes proches amis d'Emmaüs, au patronyme passe-partout, qui y était mon bras droit. « Il faut que je te dise quelque chose. En fait, je suis juif. » Et lui de me répondre, à ma grande stupéfaction : « Mais moi aussi, par ma mère », déclenchant un double fou rire.

Où l'on découvre une certaine passion

Je ne saurais dire pourquoi la musique fait partie de l'engagement, mais je n'en doute pas un seul instant. Probablement parce qu'elle rime avec travail. Je n'aime rien plus que travailler avec Bach. Depuis toujours. Surtout le soir, la nuit. Mettre et remettre les mêmes *Variations Goldberg*, les mêmes cantates, les mêmes concertos. Se faire surprendre par ses passages préférés. Devoir réenclencher le disque pour les retrouver. Se laisser surprendre à nouveau. Ne jamais s'en lasser. Narguer ceux qui, pendant ce temps, dorment ou, pire, ceux qui s'amusent, se distraient. Bref, qui n'apprennent ni ne créent. Tromper la solitude. Ne plus savoir ce qu'on préfère, du clavecin de Scarlatti, de la soprano d'Antonio Caldara dans *Maddalena ai piedi di Cristo*. S'encanailler avec des œuvres faciles. Feindre de découvrir ce qu'on connaît par cœur. Se risquer à remettre une œuvre familière, qu'on craint de réécouter, de peur d'être blasé. Découvrir que l'on arrive toujours à s'émerveiller comme lors d'une éternelle première fois. Jouer des doigts sur le clavier de l'ordinateur au rythme des notes. Faire le chef d'orchestre devant sa glace. Réappuyer sur la touche pour réenclencher le même morceau, le même mouvement. Être en terrain familier. Associer la musique à l'effort. Mais utiliser la musique pour atténuer l'effort. Savoir que c'est le quatrième mouvement qui l'emporte sur le reste. Mais vivre l'attente des trois premiers pour le mériter. Essayer de se souvenir de la toute première fois d'un morceau favori. Penser à l'ami Christophe qui vous a initié à Richard Strauss, celui des *Quatre derniers lieder*. Revoir le coffret des cassettes à bande magnétique, avec l'immense photo de l'immense Elisabeth Schwarzkopf. N'aimer que des œuvres classiques ultra-classiques, mais se composer sa propre discographie. Écarter certaines œuvres de son répertoire personnel. Avoir la satisfaction d'avoir joué la *Cinquième Sonate pour violoncelle* de Vivaldi avant qu'elle ne soit l'une des musiques de *Barry Lyndon*. Éprouver un attachement particulier pour ses toutes premières cassettes. Celles qui vous ont été offertes pour vos amygdales, à la clinique de Pontoise. En ce jour où on vous a endormi avec un masque en caoutchouc, qu'on vous mettait sur le visage et qui ressemblait à un débouche-évier, sauf qu'il sécrétait du gaz anesthésiant. Sur ces premières cassettes : le concerto pour violoncelle de Schumann, avec, sur la deuxième face, les *Variations sur un thème rococo* de Tchaïkovski, par Rostropovitch bien sûr. Le *Triple concerto en do majeur* de Beethoven.

Être fasciné par la curieuse alchimie des quatuors. Se demander pourquoi ils valent infiniment mieux que les trios. Pourquoi la présence d'un deuxième violon est-elle indispensable pour constituer une œuvre noble. Pourquoi les trios à corde ne forment que des œuvres mineures, en réalité souvent ennuyeuses. Pourquoi Beethoven a mis tant de subtilité et d'intimité dans les quatuors, et tant de brutalité dans ses symphonies. Comment le même compositeur pouvait créer de telles différences. Pourquoi il ne me viendrait pas à l'idée d'apprendre ou d'écrire en écoutant une symphonie, alors que l'inspiration est garantie avec un quatuor. Pourquoi la *Grande Fugue* répond à la définition du sublime.

Et puis, il faut réserver un sort particulier à *La Passion selon saint Matthieu.*

De Bach, je connaissais les suites pour violoncelle, les partitas, le clavier bien tempéré, les concertos brandebourgeois. Mais pas les passions. C'est Salah qui me les fait découvrir. Nous nous racontons nos chagrins d'amour et nous écoutons *La Passion selon saint Matthieu.* Inlassablement. Elle est longue, cette passion. Salah et moi, nous n'avons rien de catholique. Et nous nous sommes chacun entichés d'une fille ultra-catholique, éperdue de foi, qui nous fait souffrir. L'une est partie au Népal, l'autre à Berlin. Aucune ne nous donne de nouvelles.

Nous essayons de les retrouver dans Bach. Leur esprit se glisse dans les notes, dans les récitals. Nous essayons de comprendre pourquoi l'une d'entre elles a affirmé que Bach était la preuve de l'existence de Dieu. « Qui d'autre que Dieu aurait pu guider sa main composant la passion ? » prétendait-elle.

Il est vrai que la musique transporte. Elle émeut. En quelque sorte, elle *fait foi.* C'est notre porte d'entrée dans la chrétienté. L'appartement de Salah (de la rue de la Croix-Nivert) est devenu notre cathédrale. Et les voix s'élèvent. Un verre de vin nous aide à écouter. Et nous nous lamentons sur ces femmes catholiques et si peu charitables avec nous. Nous connaissons mieux la passion qu'elles. Nous guettons Dieu dans les violes de gambe, dans les voix, dans le clavecin. Philippe Sollers a écrit quelque part que Dieu se nichait dans le hautbois. La théorie est osée, mais séduisante. Ce hautbois nasillard, qui répond au récitant, cela pourrait bien être l'astuce de Dieu pour se glisser dans la passion. Nous arrivons à nous persuader de cette absurdité. Dieu, un nasillard sublime. Une hanche qui vibre de manière si peu veloutée. Un instrument qui semble venir de la profondeur du temps. Oui, Dieu doit ricaner comme le hautbois à nous voir l'entendre.

De *La Passion selon saint Matthieu*, nous écoutons une dizaine de versions. Et nous revenons toujours vers la même, celle qu'a enregistrée Karajan. Ce n'est pas celle qu'aiment les puristes, qui préfèrent ce chef d'orchestre dans Beethoven ou Wagner, mais les voix sont divines, elles aussi. Christa Ludwig transperce nos tympans. Surtout, Karajan a choisi un rythme particulièrement lent. Comme s'il n'était pas pressé de finir. Et cette lenteur s'exhale dans le plus beau passage, « Ni mes plaintes, ni mes larmes ne vous touchent. *Oh, so nehmt mein Herz hinein !* Alors, arrachez-moi le cœur ». Nous sommes à l'agonie du Christ. Le rythme ralentit à l'extrême. Sa mère pleure. Son cœur se déchire. Faisant écho à nos propres déchirures.

Quinze ans plus tard, j'ai la chance de créer un établissement public. Diriger un établissement public, c'est prendre des décisions collégiales, respecter certaines règles. Je me suis autorisé le fait du prince en choisissant la musique d'attente du standard. « *Oh, so nehmt mein Herz hinein !* » Et souvent je m'appelais pour entendre Bach, deviner où Dieu avait bien pu se nicher. Dans le hautbois ?

Je ne dissocie pas la musique de l'engagement parce que j'ai l'impression d'aimer travailler pour avoir le droit de réécouter mes morceaux favoris, pour les mériter. Comme si la beauté de l'œuvre obligeait au dépassement.

À la mort de l'abbé Pierre, j'ai donc imposé à Notre-Dame la sarabande de la deuxième suite de Bach. Juste pour moi. Juste pour faire résonner dans la cathédrale, par ma volonté, cette sarabande, que personne n'avait demandée. Cela fut, je pense, la seule transgression aux dernières volontés du défunt, qui réclamaient des chants grégoriens. Pour revivre ou effacer l'humiliation de cette sarabande. Que j'avais jouée devant un professeur qui me faisait passer un test pour déterminer si j'étais digne d'être son élève. J'avais joué fièrement ce mouvement si merveilleux. Il avait fait une moue. « La dernière fois que je l'ai entendue, c'était joué différemment. C'était Rostropovitch à l'anniversaire de la mort de Casals. » Casals. Le violoncelliste inégalé dans les suites de Bach. Capable de prendre toutes les libertés avec la cadence. De faire de Bach un musicien catalan, puisque personne n'avait joué ces suites avant que Pablo Casals ne les découvre chez un petit marchand de musique de Barcelone, après un siècle de sommeil. Casals, capable d'enregistrer ses toux et ses raclements de gorge, de chantonner en même temps qu'il faisait vibrer les cordes de son violoncelle. Qui ne jouait pas forcément juste, à moins que cela soit la déformation de l'enregistrement, lors du repiquage du 78 tours au 33 tours, à l'époque où les disques étaient encore en vinyle. Casals, qui n'utilisait qu'une pique très courte pour son violoncelle, quand Rostropovitch en exhibait une longue et coudée.

Où l'on découvre par inadvertance ce que Sécurité sociale veut dire

Je suis externe en quatrième année de médecine. Mon rôle consiste à faire les dossiers des malades. Prendre la tension. Procéder à l'examen clinique complet. Je ne suis pas plus à l'aise que l'année précédente. Trop maladroit. Lorsque je pose le stéthoscope sur la poitrine nue, j'ai encore l'impression d'entendre des bruits bizarres. J'ai peur de me ridiculiser en diagnostiquant des gênes respiratoires à tout va, des râles bronchiques là où il n'y en a pas. Quand je prends la tension, je ne vois pas bien où l'aiguille se cale. Je trouve toujours des chiffres aberrants. Je mets peut-être mal le brassard en serrant trop fort. Sur les clichés radiologiques la bonne opacité échappe systématiquement à mon examen. Il faut qu'un médecin ou parfois même, plus humiliant, un autre étudiant me montre la tache, le petit point, la ligne de fracture, pour que je réalise qu'il y a une anomalie. Bref, je sais parfaitement qu'il ne faut pas se fier à moi. Ce patient-là n'en a pas conscience. Peu importe. De moi, il n'attend pas un diagnostic, mais un renseignement.

– Docteur, on m'a fait une radio avant que je rentre à l'hôpital. Savez-vous quand je serai remboursé ?

– Non, monsieur, je ne sais pas.

– Cela prendra-t-il plusieurs semaines ?

– Probablement.

– Mais une semaine ou trois semaines ?

Il commence à m'agacer avec ses questions sans intérêt. Je ne suis pas chargé de l'administration. Je me prépare à être médecin. Et moi, mes feuilles de soins, je les jette au panier. Je m'en fiche de me faire rembourser. Comment veut-il que je sache ? Je prends le ton de l'aviateur auquel le petit prince demande inlassablement de dessiner un mouton :

– Écoutez, vous m'embêtez avec vos remboursements. Je m'occupe de choses sérieuses moi. Une semaine ou trois semaines, quelle différence ?

Et là, le patient me répond d'un filet de voix :

– Une semaine, cela veut dire que j'ai à nouveau de l'argent pour manger. Trois semaines, cela veut dire que je dois trouver une solution pour me nourrir.

J'abandonne ma posture méprisante et regarde cet homme qui vient de m'apprendre ce qu'est la Sécurité sociale. La Sécurité sociale, c'est ce qui permet à quelqu'un qui a besoin d'une radio de pouvoir se nourrir aussi. Et si cela ne fonctionne pas bien, ça implique que certains assurés ne pourront pas manger !

Ce patient m'en a plus appris sur le sujet que les nombreux polycopiés que j'ai avalés et que les innombrables traités que j'ai ingurgités.

J'ai compris ce qu'est cette abstraction que l'on nomme Sécurité sociale. Qu'elle n'est pas simplement une construction administrative, ni même une caisse de compensation des revenus. Qu'elle est ce qui évite de crever de faim quand on est frappé par la maladie ou de sombrer dans la mendicité quand on est empêché de travailler.

Au gouvernement, j'allais recevoir des courriers, que je m'astreindrais à lire exhaustivement, dans lesquels les gens m'expliqueraient en détail leurs revenus. Colonne recettes, colonne dépenses. « Et avec ce qui reste, comment voulez-vous que je puisse m'acheter des lunettes ? » demanderaient-ils. Là aussi, cela donne un aperçu de la pauvreté bien plus précis que les statistiques qui situent à l'euro près une personne en dessous ou au-dessus du seuil de pauvreté. Ces quelques centaines d'euros par mois et par personne se réduisent à moins de trois euros par jour, une fois qu'ont été acquittées les dépenses incompressibles, les factures mensuelles. Sept cents euros de pension et deux cents euros d'aide au logement partent en quatre cent cinquante euros de loyer, cent vingt euros de facture de gaz et d'électricité, quatre-vingt-dix euros d'assurance, quarante-cinq euros de mutuelle : restent pour le mois cent quatre-vingt-quinze euros, soit six euros par jour pour se nourrir, se vêtir, se transporter, éventuellement se distraire et faire face à tous les aléas de la vie. Des personnes qui ne se considèrent souvent pas comme pauvres, le mot de pauvreté leur semblant incompatible avec la dignité qu'elles tiennent tant à conserver.

Où l'on rappelle que le tabac tue

Lausanne. Bord du lac. Ce matin-là, nous avons pris un TGV. Mon père et moi, en tête à tête. Cela ne nous arrive pas souvent. Mon grand-père va recevoir le prix Jean-Monnet des mains du président de la Commission européenne, Jacques Delors. Nous sommes arrivés suffisamment tôt pour déjeuner sur une terrasse surplombant le lac. Un restaurant bien plus chic que d'habitude. Hors saison, nous sommes seuls. Et nous parlons. Mon père me demande conseil. Il va bientôt avoir 60 ans. Il dirige l'École nationale des ponts et chaussées. Dans cinq ans, il sera atteint par la limite d'âge de la fonction publique. Il me demande comment je le vois à la retraite. Il s'interroge sur ce qu'il pourrait faire. Il a envie de continuer à travailler. C'est la première fois qu'il me fait part de cette angoisse. Je dirais même, c'est la première fois qu'il me fait part d'une angoisse. Je lui dis que je ne le vois pas retraité. Je ne l'imagine pas jardiner, visiter des musées en semaine. Il acquiesce. Nous réfléchissons ensemble. Nous échafaudons des hypothèses que j'ai aujourd'hui oubliées, car elles sont trop vite devenues caduques. En effet, quelque temps après, il meurt. Juste avant sa mort, dévasté par un fulgurant cancer du poumon, il est allé à son bureau, mettre de l'ordre dans ses affaires.

Je ne sais pas qui a concocté ce sujet de l'épreuve d'économie de l'ENA sur lequel j'ai dû plancher l'année d'après. On nous demandait de démontrer l'apport positif du tabac aux finances publiques. Les calculs étaient tragiquement faciles à faire. D'un côté, le coût pour l'assurance maladie du traitement des cancers et des maladies cardiovasculaires. De l'autre, les produits des taxes, mais surtout l'effet formidable sur l'équilibre des retraites. Il fallait calculer les années gagnées pour la Sécurité sociale. L'affaire était effectivement très rentable : les fumeurs cotisaient durant toute leur vie active pour une retraite dont ils ne bénéficiaient pas. J'eus une très amère bonne note. L'auteur du sujet devait faire partie de ces fonctionnaires qui, quelques années plus tard, nous mettraient des bâtons dans les roues, dans nos efforts, au ministère de la Santé, pour mener une politique efficace contre le tabagisme.

Où il est brièvement question de politique

Comment passer sous silence ce meeting de Michel Rocard à Suresnes, ce 8 mai 1981 ? J'y étais allé avec ma mobylette verte. Un 102 Peugeot. C'était mon premier meeting politique. Je n'avais pas encore le droit de voter, âgé de 17 ans. La salle était comble. Michel Rocard était prodigieux. Il déployait une énergie considérable pour faire élire François Mitterrand, qui l'avait humilié. C'était le dernier meeting de la campagne. Il avait parlé jusqu'à minuit moins cinq, l'heure limite avant clôture. Il avait fait vibrer l'auditoire en expliquant pourquoi il appelait de toutes ses forces à voter pour quelqu'un qui ne le portait pas dans son cœur. Il était lumineux. Ce fut à minuit ce soir-là, emporté par les vibrations de Michel Rocard, que je pris mon bulletin d'adhésion au Parti socialiste.

J'ai cru, l'espace d'une soirée, en la pureté de l'engagement politique. À la possibilité d'un engagement gratuit. Il y avait du Cyrano de Bergerac dans ce tribun. Cet homme qui avait su être populaire en parlant vrai. Tous les jeunes comme moi l'assimilaient à un Mendès France que nous n'avions pas connu. Avec un extraordinaire romantisme. Il était populaire, sauf dans son propre parti. Il avait raté sa candidature. Le chat Mitterrand avait joué avec la souris Rocard, mais il était là, déployant son registre aux antipodes de la démagogie.

Mon engagement dans un parti politique date donc du 8 mai 1981. J'allais rester adhérent du Parti socialiste cinq ans. Étudiant en médecine, je demandai à travailler sur les questions de santé. Je me retrouvai bombardé dans un groupe d'experts, rue de Solférino, seul jeune dans un cénacle hétéroclite où se côtoyaient professeurs de médecine, économistes de la santé, hauts fonctionnaires et élus. Il y avait quelque chose d'enivrant et d'inquiétant à se voir qualifié d'expert sans l'être, mais à pouvoir fréquenter le siège du parti, à être pris au sérieux sans avoir passé le moindre examen d'entrée. Je fréquentais aussi la section de mon lieu d'habitation, Ville-d'Avray, où être socialiste était en soi un acte de rébellion, dans une des villes les plus à droite de France. Les militants n'y étaient pas nombreux, aussi fûmes-nous tous sollicités afin de constituer la liste pour les élections municipales. C'était une belle liste d'union de la gauche qui fit péniblement 15 % des voix, quand les deux listes de droite rassemblaient tous les autres suffrages. Ma présence sur les listes valut à ma mère d'être copieusement injuriée chez les commerçants, pour avoir nourri la vermine bolchevique en son sein.

Je continuai à fréquenter la section socialiste de l'École normale supérieure, à une époque curieuse où ce foyer du maoïsme et du trotskisme qu'était la rue d'Ulm au début des années 1970 était devenu, quelque dix ans plus tard, presque complètement dépolitisé et où ceux qui se réunissaient dans une cellule d'un parti de gauche semblaient moins nombreux que les « tala », c'est-à-dire ceux-qui-vont-à-la messe. Je quittai le Parti socialiste en rentrant à l'ENA, considérant que la haute fonction publique n'était pas compatible avec un engagement partisan.

J'ai retrouvé Michel Rocard dix ans après. Il était Premier ministre pour encore quelques jours. J'étais tout jeune auditeur au Conseil d'État, embringué à nouveau dans un groupe de réflexion sur les questions de santé. J'avais produit une note que l'on m'avait chargé de présenter à Michel Rocard. Pour la première fois, j'allais le voir de près. Je me remémorai ce meeting de 1981 qui avait déclenché mon engagement. À la deuxième phrase prononcée, le Premier ministre s'est endormi. J'étais complètement désarçonné. D'un geste de la tête, son conseiller m'a intimé l'ordre de continuer. J'ai expliqué pendant dix minutes nos propositions sur l'assurance maladie, parlant fort pour couvrir de légers ronflements. Lorsque j'ai terminé, il m'a remercié chaleureusement, comme s'il avait suivi attentivement mon exposé poussif et il est passé à autre chose.

Je l'ai ensuite croisé souvent, dans des circonstances moins intimidantes. Et lorsque j'ai créé le RSA, je me suis inscrit dans ses pas d'inventeur du RMI. Son soutien a été précieux, et d'une modestie étonnante : Michel Rocard a expliqué à plusieurs reprises qu'il aurait dû d'emblée mettre en place un mécanisme voisin de celui du RSA, et que cette réforme était le chaînon manquant vis-à-vis de celle qu'il avait mise en œuvre, trop vite, sous la pression de François Mitterrand qui exigeait qu'elle soit votée avant la fin de l'année 1988, afin de tenir un engagement électoral.

J'ai gardé une tendresse particulière pour lui. Il est souvent moqué, pour les mêmes raisons qui font qu'il est aimé. On sent qu'il n'est pas prêt aux concessions pour arriver, qu'il connaît et reconnaît l'échec, qu'il place les idées au-dessus de tout et qu'il vit bien avec ses faiblesses.

Jamais plus je n'ai été tenté par l'engagement politique le plus classique, celui qui conduit à adhérer à un parti politique et à briguer un mandat. Cet engagement-là me paraît trop proche de l'embrigadement, trop peu compatible avec mes indisciplines.

Où l'on constate que se hisser nécessite de disposer de solides appuis

Il y a ce « hardi ! », cette interjection de mon grand-père pour nous encourager dans les passages difficiles quand on grimpe un rocher. Au moment où l'on hésite à monter son pied pour rejoindre une autre prise, parce que l'on sent bien que les mains peuvent lâcher. On est prêt à renoncer à ce bloc que les autres ont tous gravi. On a peur de tomber. Mieux vaut sauter. Le passage fait peur. On a envie d'être ailleurs. Et retentit le « hardi ! », qui signifie en deux syllabes « tu n'as pas le choix » et « tu peux y arriver ». Parfois, le « hardi ! » s'accompagne d'une présence rassurante. Deux bras prêts à vous rattraper. Cela suffit, le pied se lève, la semelle adhère au gratton, les mains s'agrippent, l'arrière-train monte, le corps bascule, on peut saisir à pleines mains un bon becquet. Le bloc est vaincu. Pas élégamment, mais hardiment.

Il n'y a pas que la joie instantanée de l'escalade. Les rochers se méritent. Il faut accepter la marche d'approche. Les heures où l'on progresse avant le lever du jour. La frontale. La corde qui s'obstine à vouloir se mettre dans les traces et à se glisser sous les crampons. Le rythme qui ne ralentit pas. Chaque pas qui coûte. La présence des étoiles, parfois filantes, que l'on ne fait que deviner parce que lever la tête est trop fatiguant. C'est oser un pas de côté, une jambe qu'il faut ramener dans les traces, ensuite plusieurs pas pour rattraper l'effort, le risque de ralentir, de sentir la corde se tendre, la hantise d'avoir à dire « moins vite », « arrêtons-nous », jusqu'à ce que l'on arrive à adopter un pas régulier, mécanique, machinal. Chaque pas accompli avant le lever de soleil est une victoire sur le temps. L'avance que l'on prend sur le jour. L'effort accompli pendant que d'autres dorment. La distance que l'on met vis-à-vis de ceux qui ont dormi un peu plus longtemps. La jouissance du réveil à 4 heures, du départ à 4 heures et demie. La perspective d'avoir moins froid. Mais pas tout de suite. Tous les montagnards le savent. Le moment où le soleil se lève est le plus frais. Je n'ai jamais demandé à un physicien de m'expliquer cela. J'imagine que la première chaleur provoque des déplacements de masses d'air et que les premiers rayons font naître un vent qui se refroidit au contact de la glace et de la neige. Il faut attendre une heure de plus pour que le soleil remplisse vraiment son office. D'ici là, pas question de s'arrêter. Avec un peu de chance un membre de la cordée verra se détacher la lanière de son crampon, demandera à la caravane de s'arrêter le temps de la rajuster. On pourra souffler sur le compte d'autrui. Ne pas avoir à avouer que cette pause est salutaire. Et puis repartir, en pensant au moment où cela sera fini. Mais avec une grimace pour la descente. Plus on monte, plus il faudra redescendre. Il sera bien temps d'y repenser. « C'est bien plus beau lorsque c'est inutile ! » disait Cyrano de Bergerac dans la pièce d'Edmond Rostand. La seule utilité est en fait de pouvoir marquer dans un petit carnet la cime gravie, de compter un sommet de plus, une course supplémentaire au nom magique pour un adolescent.

Neige Cordier, Roche Faurio, l'aiguille du Tour, les Agneaux, les Rouies, le Gioberney, le Moine, le Râteau.

La première peur en montagne. Dans les Rouies. Au-dessus de La Chapelle-en-Valgaudémar. La tempête de neige. Comment avons-nous pu nous laisser surprendre ? En quelques minutes, les rochers sont recouverts de neige, de pluie, de grêlons et de verglas. Il faut redescendre, mais tout glisse. Ce qui se montait « les doigts dans le nez », comme on dit familièrement, devient un piège redoutable. Il faut s'assurer à chaque longueur, ce qui prend du temps. Chaque pas fait peur. Un pied qui dérape et on a l'impression d'être entraîné dans l'abîme. Des heures et des heures pour franchir passage après passage. La fatigue est immense. Il faut faire attention à tout. On est trempé. L'eau s'infiltre dans les vêtements. Cela fait longtemps que les gants en laine ne sont plus d'aucune utilité. Le sac semble lesté de plomb. Le piolet embarrasse. Il sort du sac. Il éloigne du rocher. Sa pique fait un bruit désagréable comme la craie de la maîtresse sur le tableau noir. Un crissement qui fait mal aux dents. Après chaque longueur de corde, il y en a une autre. Les autres cordées ont été plus rapides. Cela fait longtemps qu'elles sont en zone abritée. Qu'elles en ont fini avec les passages de rochers. Mon père se sent en situation de faiblesse. Il prie la cordée précédente de nous attendre au cas où nous connaîtrions une difficulté. C'est donc qu'il n'a pas l'assurance de pouvoir nous ramener à bon port. C'est pire que d'être seul. C'est gênant, culpabilisant et humiliant. Enfin, on atteint le sentier. Il est 18 heures. On marche depuis 14 heures. Chaque pas fait mal. Et quand on sort du sentier, l'herbe mouillée est encore plus traître qu'un rocher. Elle ne demande qu'à vous faire glisser dans le ravin. Et le pied se dérobe. C'est la fatigue, il ne faut pas lâcher le piolet qui sert désormais de canne. Je tombe. La pioche m'entaille la paume. Le sang pisse. Seul un mouchoir fait office de pansement, de bandage, de garrot de fortune.

Il faudra quelques points de suture. Et des années après la cicatrice est toujours là, à la jonction de la paume de la main et du poignet. Discrète, mais suffisamment présente pour que je sache qu'il ne s'agissait pas seulement d'un rêve. Et que je me souvienne que la grande dame blanche est toujours la plus forte. On ne part pas en montagne sans se préparer à tout, au froid, à la pluie, à la neige, à la blessure, à la nuit, à la fatigue. Le sac doit comporter suffisamment de laines, de gants, d'imperméables, d'eau, de provisions, de rechange pour tenir, et toujours une corde au cas où. Tous ceux qui ne respectent pas ce minimum sont à nos yeux de vulgaires touristes qui ignorent à quels dangers ils s'exposent.

Dans l'engagement, il y a la prise de risque, la mise en déséquilibre, le dépassement de soi, la participation à un projet collectif, la solidarisation avec une communauté, l'aspiration par le haut, la poursuite d'un idéal, l'envie de transformation.

En montagne, on parle de course « engagée ». J'aime cette expression qui désigne une ascension qu'on doit terminer coûte que coûte. On se lance dans une face, dans une arête, vers un sommet. De la plupart des courses « non engagées », on peut revenir, quoi qu'il arrive. On peut faire demi-tour quand le temps change, quand la fatigue se fait sentir, quand les difficultés sont pires que ce qu'on anticipait, quand la neige n'a pas la qualité attendue, quand l'horaire n'est pas tenu. On rebrousse chemin et l'on est sûr de regagner le refuge ou la vallée. Une voie engagée c'est tout le contraire.

Il y a un point de non-retour. Une fois entamée, nulle autre issue que d'aller jusqu'au sommet par la même voie pour espérer s'en sortir. Quand un guide concède, à propos d'une course que vous avez faite, « ça, c'est une course engagée », il vous délivre un véritable brevet de montagnard. C'est bien plus honorable dans sa bouche que d'être venu à bout d'une difficulté technique, que d'avoir franchi un pas de 6b, selon la cotation de l'escalade. On ne délivrera pas de brevet de montagnard à l'escaladeur, aussi doué soit-il, qui a grimpé dans des salles, franchi des falaises lisses, vaincu des parois verticales, mais dans des conditions telles qu'à tout moment il pouvait poser des rappels pour rejoindre en moins de deux heures la vallée. L'engagement est la vraie valeur de l'alpinisme. Ce sont dans les courses engagées que se forgent les caractères, que se gèlent les orteils, que naissent les souvenirs, les complicités, les solidarités. Une course engagée est une course où l'on se donne soi-même, où l'on prend le risque de ne pas revenir.

Où il est question de l'accès à la lecture des poumons d'acier

Dans les années 1960, ma mère enseigna au lycée de l'hôpital Raymond-Poincaré de Garches. À l'époque, ce n'était pas le centre de référence pour les traumatismes provoqués par les accidents de la route, comme ça l'est aujourd'hui, mais c'était le grand établissement pour les enfants atteints de poliomyélite. C'était avant l'avènement de la vaccination et le virus provoquait des paralysies très handicapantes. Garches recevait des enfants qui restaient plusieurs années, subissant intervention sur intervention. Certains souffraient de paralysies du diaphragme, provoquant une insuffisance respiratoire sévère, qui imposait de les équiper de ce qu'on appelait un « poumon d'acier ». Cette dénomination m'impressionnait beaucoup. J'imaginais deux grands organes de fer implantés dans la poitrine, avec une sorte de cuirasse antique, qui aurait fait de ces enfants aux « poumons d'acier » des sortes de superhéros bioniques. Je découvris que la réalité était bien plus triste quand on m'expliqua de quoi il s'agissait et qu'on m'emmena à l'hôpital rendre visite à des malades.

Avant d'enseigner, ma mère était bibliothécaire et elle trouvait intolérable que ces enfants, contraints à un lourd séjour hospitalier, se vissent privés de tout accès à la lecture. Alors qu'une grave maladie la contraignait elle-même à interrompre son activité professionnelle, elle entreprit de créer une bibliothèque dans l'hôpital. L'enjeu paraissait simple. Pourtant nous la vîmes batailler avec acharnement pendant une dizaine d'années pour pouvoir réaliser cette bibliothèque. Il fallait convaincre les directeurs généraux de l'Assistance publique, le corps médical, les architectes des bâtiments de France. Obtenir les autorisations et les financements. Vaincre les pesanteurs invraisemblables. Ma mère et une collègue, Annie Adam, qu'elle entraîna dans sa croisade, devaient jouer, tour à tour, le rôle d'avocat, d'architecte, de maître d'œuvre, de comptable, pour en déjouer les pièges. Je l'entends encore pester contre cet architecte qui avait simplement oublié qu'il fallait des portes suffisamment larges pour laisser passer des fauteuils et que des enfants handicapés ne pouvaient pas monter sur des échelles pour atteindre des ouvrages haut placés. Ou fulminer contre ceux qui ne comprenaient pas que, dans le budget d'une bibliothèque, il fallait prévoir l'achat régulier de livres.

Elle s'excusait presque de passer tant de temps, bénévolement bien entendu, sur ce qu'elle qualifiait d'épiphénomènes, vivait chaque étape réalisée – l'arrêté autorisant les travaux, la pose de la première pierre, la possibilité de recruter une bibliothécaire – comme le franchissement d'un sommet himalayen, et nous démontrait qu'il n'y avait pas de détail dans l'exécution en nous expliquant comment les responsables investis des plus hautes responsabilités pouvaient faire preuve d'indifférence ou d'incompétence – c'était selon – dans la réalisation d'un besoin élémentaire.

Où une méprise reste mystérieuse

Juillet 1983. Un mois de juillet très chaud. Et pourtant, j'ai été obligé de rester à Paris. Concours, concours. J'ai osé me présenter à l'École normale supérieure, par une toute petite porte, qu'on appelle à l'époque le concours D. Une voie réservée aux étudiants en médecine désireux de faire de la recherche scientifique. Tout avait commencé deux ans plus tôt, le premier jour de la première année de médecine. Le cours de chimie était assuré par une merveilleuse dame, Christiane Ferradini, spécialiste de l'équilibre de l'oxydoréduction. Un petit bout de bonne femme, aux cheveux blancs, boitant à cause d'une jambe plus courte que l'autre et avec un sourire d'une gentillesse irrésistible. En entamant son cours devant la horde de carabins déchaînés à l'humour grivois, elle avait lancé : « Nous allons faire de la chimie organique ensemble. La chimie organique, c'est la chimie de la vie. Et pour le meilleur de l'amphi, il y a la possibilité de passer le concours de l'École normale supérieure, en faisant de la chimie, de la physique et des maths. Vous verrez si certains d'entre vous y prennent goût. » Puis, sans transition, elle avait attaqué les doubles liaisons carbone, dessinant des molécules sur le tableau noir. À cette minute, je m'étais dit que son invite pouvait s'adresser à moi.

Et que ce serait mon secret. Je savais déjà que je ne serais pas forcément médecin. Que j'avais quelque chose à me prouver. L'École normale supérieure, la rue d'Ulm, c'était un mythe, le mythe suprême. C'était Sartre et mon oncle Daniel. L'oncle normalien, agrégé de philosophie, qui avait passé de nombreuses années en Colombie à étudier je ne sais trop quoi. Cela me paraissait si impossible cependant que je ne pouvais partager ce secret avec personne, si ce n'était avec mon père. J'ai commandé les annales, je me suis acheté des livres et j'ai travaillé pendant deux ans sans prévenir quiconque. Mais d'arrache-pied. Tout en suivant mes cours de médecine. J'ai rencontré un autre fou, dont j'ai découvert qu'il avait fait le même raisonnement que moi. Et nous avons partagé notre secret.

Le moment fatidique est arrivé. Des épreuves de six heures. Je n'avais rien à perdre. Nul ne saurait que j'avais osé me présenter à ce concours. Mais au fond de moi-même je me prenais à rêver… Et divine surprise, me voilà admissible. Il faut alors préparer les oraux. Aller les passer dans le saint des saints. Rue d'Ulm. Y croiser de vrais normaliens, passer six heures en tête-à-tête avec une langoustine à décortiquer, en guise de travaux pratiques de biologie. Et puis c'est l'attente des résultats. On nous a dit qu'ils seraient affichés dans l'entrée de l'école. Le jour J, j'emprunte la rue d'Ulm. Le cœur battant. Mille fois, j'ai imaginé mon nom sur la liste. Je n'ose y croire. Je n'ose pas non plus ne pas l'imaginer. Entre la rue Claude-Bernard et le numéro 45 de la rue d'Ulm, une femme m'apostrophe :

– Où allez-vous comme cela ?

Je lève la tête et je reconnais un membre du jury.

– Voir les résultats, madame. Vous aviez dit qu'ils seraient affichés aujourd'hui.

Je me justifie, pressentant que la question augure mal de la suite.

– Oui, ils sont affichés, mais cela ne vous concerne pas.

– Comment cela ? Je viens de passer les épreuves.

– Je sais bien. Mais vous ne vous êtes pas rendu compte que vous aviez complètement raté ?

– Euh, non, je ne sais pas.

Quoique si, je sais que je n'ai pas été excellent. Mais je me suis dit qu'on ne savait jamais. Que j'allais voir quand même.

– Pfut. Vous auriez pu vous en rendre compte. Complètement raté, monsieur Hennebert.

– Monsieur Hennebert ?

– Oui voyons, vous êtes bien Hennebert, n'est-ce pas ?

– Non, madame, je ne suis pas Hennebert, je suis Hirsch.

– Ah, c'est vous Hirsch ? Mais il fallait me le dire. Vous, vous êtes reçu. Vous êtes le seul reçu ! Grâce à vos oraux, parce que l'écrit, ce n'était pas terrible…

Je n'y comprends plus rien.

– Merci, madame, je vais voir.

J'arrive à la liste. Il n'y a qu'un nom : le mien.

Concours D Garçons :

Liste d'admission

HIRSCH Martin.

Que s'était-il passé ? Pourquoi m'avait-elle pris pour Hennebert ? Et si c'était le jury qui avait confondu. Et si Hennebert avait eu mes notes et moi les siennes. Cette dame n'était-elle pas dans le jury d'oral ? N'avait-elle pas depuis le début cru que j'étais Hennebert ? Et si le bon Hennebert n'était pas en fait le nul Hirsch ?

Je ne le saurai jamais. Mais je me suis toujours dit que j'avais peut-être été le bénéficiaire d'une terrible méprise. J'ai possiblement privé Hennebert d'un succès qui lui tenait autant à cœur qu'à moi. J'ai souvent pensé à Hennebert, se jetant dans la Seine, parce qu'après avoir fait un brillant oral, il n'aurait pas vu son nom sur la liste fatidique. Et j'ai toujours eu peur d'être un imposteur…

Où l'on s'engage sur la piste des neurones

J'ai toujours aimé la lecture des journaux. Et c'est à 15 ans que j'ai contracté le virus du *Monde*. Un jour, dans l'édition du samedi, je lus un article sur un dénommé Jean Mandelbaum, organisateur d'un petit cercle qui se réunissait autour d'un dîner pour écouter des personnalités. À cette époque, ceci n'était pas du tout à la mode. C'était si original que cela avait justifié un article dans le journal. Je cherchai dans l'annuaire, trouvai un « Jean Mandelbaum », et lui écrivis une longue lettre expliquant pourquoi, alors âgé de 15 ans, je devais absolument participer à ces dîners. Comme si cela était indispensable à la renommée de son affaire. Et je reçus en retour une invitation à me joindre au prochain. L'hôte était le professeur Jean Bernard, grand hématologue, membre de l'Académie française, de l'Académie des sciences et de l'Académie de médecine, et qui avait contribué à la découverte du premier traitement contre la maladie de Hodgkin, une grave leucémie. L'orateur se livrait à un propos introductif et les convives posaient des questions. Je me lançai à mon tour timidement. Jean Bernard me répondit courtoisement et, je ne sais pourquoi, me donna son adresse, rue d'Assas. Je lui écrivis pour lui dire que je souhaitais prolonger la conversation et que j'envisageais de faire ma médecine, ce qui n'était absolument pas le cas. Mais je m'étais dit que cela pourrait lui donner envie de me revoir…

Je reçus, en effet, par retour de courrier une invitation à lui rendre visite. Chez lui, je fus accueilli par une soubrette en jupe noire, tablier blanc, gants blancs qui me demanda de poser une carte de visite sur un plateau en argent pour m'annoncer. Je griffonnai mon nom sur un morceau de papier et, peu après, elle m'introduisit dans le bureau du grand professeur de médecine. Celui-ci me parla comme à un adulte et m'invita à revenir le voir régulièrement. J'allai de fait lui rendre visite tous les trois mois et il me raconta l'histoire de la médecine et sa propre histoire, comme si j'étais un personnage important.

D'ailleurs, par reconnaissance à son égard, aujourd'hui encore, chaque fois que des étudiants m'écrivent, je m'efforce de leur répondre et de recevoir ceux qui s'interrogent sur leur vocation.

Jean Bernard m'expliqua que, si c'était à refaire, il choisirait la neurobiologie plutôt que l'hématologie et chercherait à percer à jour les mystères du cerveau. Il consacra plusieurs de nos entretiens à essayer de me faire partager la passion qu'il n'avait pas assouvie.

Aussi, sensible à son influence, lorsque j'entrai à l'École normale supérieure, je voulus m'orienter vers la neurobiologie. De manière très présomptueuse, je me dis que j'allais réconcilier la psychanalyse, ma passion, avec la science du cerveau, discipline en plein essor, au moment où *L'Homme neuronal* était un livre à succès. Ce choix me permettait de surcroît d'être l'élève de Philippe Ascher qui avait été à l'origine de la possibilité offerte aux étudiants en médecine de devenir normaliens. Il voulait former chaque année quelques médecins scientifiques, en leur assurant, en parallèle de leur cursus médical, la même formation que celle dont bénéficiaient les meilleurs scientifiques. Il avait, avec le doyen de la faculté de médecine de Créteil, surmonté bien des obstacles afin de créer cette filière originale. Et il couvait les deux ou trois étudiants en médecine qui suivaient cette voie. Il était modeste, chaleureux, mais impressionnant, comme un savant. Bienveillant mais très exigeant. Une fois de plus j'avais l'impression d'être un imposteur au milieu des scientifiques. Je lui expliquai que je voulais être psychiatre et neurobiologiste. Il m'encouragea et je me retrouvai rapidement à faire un stage dans un laboratoire de neurobiologie, puis à suivre le certificat qu'il enseignait. Je tremblais de timidité face à lui, sans savoir encore aujourd'hui s'il l'a remarqué. Je craignais de ne pas être digne de la confiance qu'il nous manifestait. L'examen final de ce certificat est celui qui m'a fait le plus peur de toute ma vie. Finalement, j'eus une note tout à fait honorable, ce qui me permit de poursuivre par un diplôme d'études approfondies en neurobiologie.

J'ai compris avec Philippe Ascher ce que peut signifier vivre pour sa recherche et pour la transmission de son savoir. La transmission, c'est d'ailleurs son sujet de recherche. Sa spécialité, c'est de mesurer les signaux électriques déclenchés par l'accrochage d'un neurotransmetteur sur la synapse d'un neurone. Présenté comme cela, ça paraît abscons. Autrement dit, c'est la compréhension des phénomènes les plus élémentaires du cerveau. Un cerveau est fait de cellules nerveuses, les neurones, qui communiquent entre elles par de toutes petites molécules, les neurotransmetteurs. Un neurone relargue un neurotransmetteur qui va aller se poser, après avoir traversé l'espace entre deux neurones, sur le neurone suivant. S'il trouve le bon récepteur, celui-ci va s'ouvrir et se transformer en un canal laissant passer les électrons et déclenche un signal électrique qui se propagera tout le long du neurone.

En m'engageant dans des études de neurobiologie, je n'avais pas conscience de m'inscrire dans les pas de ma grand-mère maternelle. Je lui raconte un jour ce que j'apprends et je découvre qu'elle travaillait déjà sur ce sujet il y a un demi-siècle. Elle était l'une des rares femmes de sa génération – née en 1900 – à être docteur ès sciences. Elle s'était mise à retravailler juste après la guerre au cours de laquelle son mari était mort. Dans les laboratoires de Jussieu. Avec un savant célèbre à l'époque qui s'appelait Lapicque. J'ai découvert récemment qu'il avait publié un curieux article « Sur le temps de réaction suivant les races ou les conditions sociales », 1901, comptes rendus des séances de l'Académie des sciences, tome 132, fascicule 24. Le professeur Lapicque était l'auteur d'une théorie, dite de la « chronaxie », qui attribuait des propriétés particulières à la vitesse de propagation de l'influx nerveux. Quand je parlais de neurobiologie avec ma grand-mère, qui avait alors 84 ans, elle laissait éclater sa colère contre cet homme qui l'avait fourvoyée avec sa théorie de la chronaxie. « Il m'a entraîné sur une fausse voie. » Sa thèse sur le sujet datait de 1928. Plus d'un demi-siècle plus tard, elle avait des regrets. Je n'ai pas davantage contribué aux progrès de la neurobiologie qu'elle…

Elle racontait une autre histoire savoureuse : en PCB, l'année de propédeutique, la première année de médecine, elle avait comme condisciple un certain Jacques Lacan. Celui-ci, assis derrière elle, la distrayait de ses mots : « Marie-Bernerette », car tel était son prénom hérité de celui d'une pianiste qui égayait les après-midi de mon arrière-grand-mère, « Marie-Bernerette, vos cheveux sont si beaux que l'on aimerait consacrer sa vie à les couper en quatre. » Et quand nous disions à ma grand-mère : « Mais tu aurais dû l'épouser », elle répondait : « Mais il n'a pas eu besoin de moi pour passer sa vie à couper les cheveux en quatre. »

Où l'on insiste sur l'intérêt qu'il y a à ne pas dormir en cours

Souvent, lorsque je prononce une conférence, en particulier devant un public de jeunes, je leur demande de se préparer à ce qu'elle change quelque chose dans leur vie. Péché d'orgueil, j'en conviens. Mais je pense alors à ces cours, à ces conférences, à ces rencontres qui ont transformé mon existence. Je ne sais pas si ceux qui ont prononcé ces quelques phrases m'ayant tant influencé le faisaient à dessein ou innocemment. Probablement sans le savoir ni le vouloir. Ce professeur de médecine qui a fait naître en moi une passion pour la maladie de Kourou, pour celle de Creutzfeldt-Jacob, ne sait pas qu'il a laissé une trace indélébile. Je revois l'amphithéâtre où il enseignait. La disposition des lieux. La couleur de sa cravate. Ma voisine ce jour-là. J'ai pu vérifier ensuite que la majorité de l'amphi avait oublié ce cours, dont on sentait qu'il était hors programme, qu'il ne pouvait tomber à l'examen. Mais le sujet était si intrigant qu'il ne pouvait me laisser indifférent. C'était l'histoire de cette tribu de Nouvelle-Guinée, anthropophage, victime d'une curieuse épidémie. Les femmes et les enfants perdaient l'équilibre, puis les troubles neurologiques s'aggravaient jusqu'à la mort. Un savant, Gajdusek, attribua cette épidémie à une pratique rituelle : les femmes et les enfants mangeaient les cervelles des morts, alors que les hommes cherchaient à s'en attribuer la force en consommant leurs muscles. Les cervelles contenaient cet agent infectieux qui se transmettait. Cette maladie était semblable à une autre extrêmement rare dite de Creutzfeld-Jakob, dont on ignorait l'origine, et à une affection qui atteignait sporadiquement les moutons, la tremblante. On ignorait tout de ces pathologies, sauf qu'elles étaient transmises par un agent mystérieux, ni bactérie ni virus, baptisé « prion ». Cela éclipsa à mes yeux tout le reste du cours, dont je n'ai plus aucun autre souvenir.

Je ne savais pas alors que j'aurais affaire au prion, lorsque celui-ci devint célèbre pour être à l'origine de la maladie de la vache folle. Responsable à cette époque de l'Agence de sécurité sanitaire des aliments, il me fallait organiser l'expertise nécessaire pour gérer cette crise. Le mystérieux prion devint mon quotidien. J'avais l'impression de retrouver une vieille connaissance quand il s'est agi de réveiller la guerre de Cent Ans avec les Anglais en maintenant l'embargo sur le bœuf britannique ou de provoquer des levées de boucliers indignées des gastronomes quand il a fallu interdire le ris de veau.

Un autre professeur, au détour d'un cours de physiologie, me fascina par une digression sur la technique utilisée par une tribu d'Indiens d'Amazonie pour renforcer l'efficacité de leurs flèches. Ils trempaient leurs pointes dans des larmes de crapaud femelle, recueillies à la pleine lune. On crut longtemps qu'il s'agissait d'un rite ancestral à signification religieuse jusqu'à ce qu'un savant en découvre l'étonnante rationalité : à la pleine lune, les crapauds femelles produisent des hormones vasodilatatrices qui se retrouvent dans leurs sécrétions. Ces substances augmentent l'effet du curare en accélérant sa vitesse de diffusion dans l'organisme de l'animal atteint par la flèche. J'adorais cette histoire qui réconciliait mythe et science. De telles anecdotes s'imprimaient de manière indélébile en moi, comme si, dans un souci de différenciation, je n'arrivais à retenir que ce qui n'avait pas de rapport avec les examens et que tous les autres étudiants s'empressaient d'oublier. J'en nourrissais une grande estime pour les enseignants qui me transmettaient ces histoires rares. Ne me donnaient-ils pas de quoi construire ma singularité ?

Ils ne savent probablement pas l'empreinte qu'ils laissent en nous. À moins qu'ils se doutent que, statistiquement, dans leur auditoire, il y aura bien un ou une élève qui restera influencé(e) par les propos qu'ils tiennent. Peut-être entrent-ils dans la classe avec cette idée en tête, cherchant dans les regards qu'ils captent ce petit indice de passion qui révèle que l'on a atteint le plus profond.

Où l'on rend une ministre, et pas n'importe laquelle, coupable du délit de trafic de médicaments

En 1994, alors que je suis secrétaire général adjoint du Conseil d'État, je reçois un appel du directeur de cabinet de Simone Veil. Simone Veil est redevenue ministre de la Santé, presque vingt ans après avoir été la grande ministre qui marqua l'histoire en faisant adopter la loi autorisant l'avortement. Entre-temps, elle a été la première femme présidente du Parlement européen. Elle fait pour l'heure partie du gouvernement Balladur en tant que ministre d'État, ministre des Affaires sociales, de la Santé et de la Ville. C'est un immense personnage. Son plus proche collaborateur me demande si je veux bien être le rapporteur d'un livre blanc sur l'assurance maladie. Je décline la proposition, car je n'ai pas le temps, et l'idée d'écrire un rapport ne me tente absolument pas. Il me prie cependant de bien vouloir venir le voir un samedi matin. Le directeur de cabinet s'appelle Dominique Le Vert. C'est un collègue du Conseil d'État plus âgé et un homme parfaitement estimable. Il m'est impossible de refuser d'aller le voir. Je me retrouve donc dans son bureau en présence des trois personnalités chargées d'écrire ce livre blanc sur l'assurance maladie : le président en est Raymond Soubie, flanqué de deux autres personnes, dont un doyen de faculté de médecine. Dominique

Le Vert m'explique leur problème. Les travaux sur le livre blanc ont commencé il y a plusieurs mois, mais le rapporteur général a très mal fait sa tâche. Il ne reste plus que quelques semaines avant de rendre le rapport à Édouard Balladur et rien de ce qui a été fait jusqu'à présent n'est exploitable. Ils ont vu le livre que j'avais publié sur la protection sociale et se sont dit que je pouvais prendre la relève et être, si l'on peut s'autoriser la formule, le « nègre » de ce livre blanc. C'est un service qu'ils me demandent avec une grande insistance. Mais je suis ferme en restant courtois. Comme je l'ai dit au téléphone, je ne suis pas suffisamment disponible ni assez motivé pour le faire. Je m'apprête à partir, lorsque la porte du bureau s'ouvre. Surgit Simone Veil. Nous nous levons. C'est la première fois que je la vois en chair et en os. Je suis sacrément impressionné. Elle se dirige directement vers moi : « Monsieur Hirsch, j'ai beaucoup entendu parler de vous. Et je me réjouis que vous ayez accepté de nous aider. » Je bafouille : « Madame la ministre d'État, je suis très honoré, mais je viens d'expliquer pourquoi je ne pouvais pas le faire. » Simone Veil me regarde droit dans les yeux : « J'ai vraiment besoin de vous. C'est important. Quelles seraient vos conditions pour accepter ? » Posée comme cela, la question est redoutable. Simone Veil est une femme à laquelle il est difficile de refuser quelque chose. Elle a une telle stature, une telle autorité naturelle, une telle histoire. Et je sais que je ne peux pas simplement dire non.

Dans de tels moments où il faut réagir vite, de drôles d'idées vous passent par la tête. Cette fois, ce sont les images des films de Michel Jouvet, le neurobiologiste, qui surgissent. Il est le grand spécialiste du sommeil et des rêves. Pour prouver ses découvertes, il a filmé des animaux, sujets de ses expériences. Ces films m'ont marqué, étant moins rébarbatifs que quantité d'ouvrages savants. Je me souviens de ce chat auquel on avait tranché un petit faisceau de nerfs et sur le crâne duquel on avait branché des électrodes. Les nerfs sectionnés étaient ceux qui inhibent les mouvements dans le sommeil. L'animal dort. Les ondes sont régulières. Tout à coup l'électroencéphalogramme s'affole. L'animal entre dans le sommeil paradoxal. Et le chat au pont sectionné se dresse, mime la chasse à la souris. Il poursuit, dans son rêve, une souris imaginaire. Il attrape la proie virtuelle, fait mine de la mordre et se lèche les babines. Quand un chat rêve, il joue au chat et à la souris. Un autre film montre une expérience plus cruelle. Un chat dort sur un plongeoir, au-dessus d'une piscine. Lorsque débute le sommeil paradoxal, il s'agite. Le plongeoir, d'une extrême sensibilité, ploie et projette dans le bassin l'animal qui se réveille. Retour sur le plongeoir. Rebelote. À la fin, le chat meurt suite à la privation de sommeil paradoxal. Michel Jouvet mesure l'inconscient avec des électrodes, comme Freud y pénètre avec l'analyse. Chacun nous montre le rôle des rêves, le travail de l'inconscient. Mais Michel Jouvet ne se contente pas de filmer. Il a mis au point une molécule qui permet de se priver du sommeil « inutile ». Les phases de sommeil paradoxal sont courtes mais productives. D'autres phases n'ont pas ce caractère vital. Une petite molécule permet de les supprimer. Une nuit de moins de deux heures donne ainsi un concentré de sommeil aussi réparateur qu'une nuit de huit.

Alors je réponds : « Madame la ministre d'État, ce travail est impossible à faire dans les délais requis. De plus j'occupe un poste prenant au Conseil d'État et je dois partir dans trois semaines surveiller les élections au Mozambique. Il faudrait que j'écrive ce livre blanc la nuit. Mes conditions sont donc simples : je ne pourrais le faire que si vous me donniez deux boîtes de Modafinil. » Simone Veil écarquille les yeux : « Deux boîtes de quoi ? – Deux boîtes de Modafinil. C'est le médicament que l'on a donné aux soldats français pendant la guerre du Golfe, pour les empêcher de dormir. » La ministre se tourne vers le doyen : « Vous connaissez cela, professeur ? – Absolument, c'est un médicament récent et j'en ai entendu parler. – C'est vraiment ce que vous voulez ? – C'est vraiment ce dont j'ai besoin. – Et si on vous procure ces médicaments, vous acceptez ? » Je ne peux qu'acquiescer. « Eh bien, vous les aurez et je vous remercie. » Nous restons encore une heure à discuter de ce livre blanc et je repars avec, sous le bras, une pile de comptes rendus d'auditions et de notes prises. Pendant le week-end, je vais à la campagne et je travaille. J'écris les vingt premières pages de ce fichu livre blanc que je faxe à la première heure le lundi suivant à Raymond Soubie, qui devient *de facto* mon chef et moi son nègre. En fin de matinée, il m'appelle :

Cher ami, j'ai deux choses à vous dire.

– Je vous écoute, monsieur le président.

– La première, c'est que ce que vous m'avez envoyé est absolument ce dont nous avions besoin. Vous avez tout à fait compris l'enjeu. Nous nous réjouissons de travailler avec vous. Je vous remercie.

– Et la seconde ?

– La seconde est un peu fâcheuse. Le doyen vient de m'appeler. Il ne peut en aucun cas vous procurer de Modafinil. Il m'a expliqué que c'était un médicament à prescription réservée. Pour l'obtenir, il faut d'abord faire un scanner et un électro-encéphalogramme, afin de vérifier qu'il s'agit bien d'une indication médicale prévue dans l'autorisation de mise sur le marché. Tout doyen qu'il est, il me dit que c'est totalement impossible.

– Monsieur le président, qu'à cela ne tienne. La ministre m'avait demandé mes conditions. Je les lui ai données. Elle les a acceptées. Vous ne pouvez pas les satisfaire. J'arrête. Mais, bien entendu, vous pouvez faire bon usage des vingt pages que je vous ai adressées ce matin.

Et je raccroche. Je ne suis plus le nègre d'un livre blanc. Me voilà libéré d'un poids. L'après-midi même, ma secrétaire m'annonce, un peu effrayée, que deux gendarmes veulent me voir sans délai. Je me demande un instant quel délit j'aurais pu commettre, je fais sortir mes visiteurs, et invite à entrer les deux hommes dans mon bureau. L'un me tend un paquet portant l'inscription « secret défense ». « Nous avons ordre de vous remettre cela en mains propres », dit-il en se mettant au garde-à-vous. Le paquet en contient un autre, plein de tampons « secret », « confidentiel ». Je l'ouvre et trouve une enveloppe de la Pharmacie centrale des armées, avec dedans… mes deux boîtes de Modafinil. Je remercie, ils prennent congé. Je suis à nouveau nègre de nuit.

Voilà comment je suis devenu cobaye de ce médicament. Pendant trois semaines, j'ai pris du Modafinil tous les soirs. Et l'efficacité a été totale. J'ai passé toute cette période à dormir environ une heure et demie par nuit, tout en étant frais comme un gardon. J'écrivais de 21 heures jusqu'à 5 heures du matin. Et à 6 heures, je me levais pour aller faire mon travail normal. Pendant vingt jours et vingt nuits, j'ai écrit ce livre blanc, en allant de temps en temps vérifier auprès du président

Soubie que j'étais dans la ligne. Et la copie a été rendue en temps et en heure. Après quoi j'ai somnolé deux jours et je suis reparti comme avant.

Je crois que je suis davantage fier d'avoir essayé ce médicament que d'avoir écrit ce rapport. Tester le Modafinil, c'était rendre hommage à son inventeur, Michel Jouvet. Et j'y pensais souvent quand j'entendais les soldats de la guerre du Golfe se plaindre de maladies qui auraient été liées, dix ans après, à l'ingurgitation de ces pilules. Quinze ans plus tard, je n'en ai pas encore les symptômes…

Où la petite madeleine a l'odeur du sable

Le dimanche après-midi, quand on a échappé aux visites de chantiers, c'est le retour de la forêt de Fontainebleau. On est parti tôt de la maison. On a grimpé, et on est rentré avant les embouteillages. Après un pique-nique rapide. On arrive à 15 heures à la maison. On a l'odeur du sable, du grès, de la bruyère et de la transpiration. Une odeur propre à la forêt de Fontainebleau, reconnaissable entre mille. L'odeur de la grimpe du dimanche matin. L'odeur du sable dans les chaussons d'escalade. L'odeur du rocher contre lequel on s'est frotté. L'odeur des lichens. L'odeur de la résine de pin, celle qui est naturellement dans la forêt mais aussi celle dont on fait le « pof », cette substance blanche dont on s'enduit les doigts pour absorber la transpiration et pour mieux tenir les prises. Odeurs indissociables, odeurs qui nous appartiennent. Qui sont le privilège de ceux qui grimpent le matin en rentrant tôt. L'odeur de ces lieux aux noms curieux : le Bilboquet (appelé aussi cul de chien), la JA Martin, le Diplodocus, l'éléphant, la dame Jeanne (les snobs disent la dame Jehanne), Franchard, Apremont. Il ne faut pas s'en débarrasser trop vite. Il faut la garder quelques heures avant le bain. Pour s'imprégner pour la semaine. Pour qu'elle pénètre, pour qu'elle vous nourrisse, pour qu'elle traverse les pores, pour qu'elle rentre dans vos bronches, dans vos poumons, que le sang la transporte dans tout votre corps. Et c'est forcément le moment d'écouter les quatuors de Beethoven. D'ouvrir le coffret de 33 tours en vinyle. C'est le quatuor Végh qui les interprète. On peut entendre le septième, qui fait la part belle au violoncelle. Ou le quatorzième. Ou le treizième, avec la *grande fugue*, si on a le temps. On ne se demande pas si on n'aime ou non. Ce sont les quatuors que Beethoven a écrits pour nous. Qu'il a écrits pour les retours de Fontainebleau. Que le quatuor Végh a enregistrés pour que nous puissions en profiter pleinement. On lit en écoutant les quatuors. Le seul tourne-disque, c'est comme cela qu'on appelle l'électrophone, est dans la chambre des parents. Je dois aller chercher mon édredon pour m'installer par terre, avec mon livre. L'odeur, les quatuors, le livre, le tapis et l'édredon, c'est un dimanche après-midi.

Où l'on apprend à faire sortir un chien d'un bureau ministériel, et pas n'importe lequel

L'abbé Pierre aimait qu'on fête les anniversaires. Les anniversaires des communautés, ceux de la création du mouvement Emmaüs et les siens. Il savait que c'était une occasion de rassemblement, de mobilisation, d'attention. J'étais élu depuis à peine quelques mois président d'Emmaüs France quand il a atteint ses 90 ans. Une grande fête était organisée pour la circonstance dans la première communauté, celle de Neuilly-Plaisance. En guise de cadeau, il n'aimait rien tant que se voir offrir une « interpellation ». En espérant ne pas être irrévérencieux, je dirais que c'était un peu comme dans les albums d'Astérix, où l'on offre aux hôtes de marque une attaque de camp romain. Cette année-là, la cible de l'interpellation était toute trouvée. Le nouveau ministre de l'Intérieur, Nicolas Sarkozy, préparait une loi de sécurité intérieure, remplie de dispositions répressives : des sanctions visant les squatteurs, la répression du racolage passif, et l'interdiction de mendier avec un chien. Les associations avaient fait connaître, en vain, leur hostilité face à des mesures perçues comme un simple moyen de dissimuler de réels problèmes plutôt que de les traiter. Il était donc prévu d'interpeller le ministre, lors de la cérémonie organisée en l'honneur du fondateur d'Emmaüs. Je préparai un texte que je montrai la veille à l'abbé Pierre. Celui-ci le lut attentivement et marqua sa désapprobation : « Martin, ce n'est pas comme cela qu'on engueule un ministre. » Il m'intima l'ordre de descendre un dossier niché en haut de ses étagères. « Attrape-moi le classeur 1954, je vais te montrer comment on s'adresse à un ministre quand on est en colère. » J'obtempérai, montai sur un tabouret et descendis le classeur en question. Il y conservait précieusement les pelures de ses lettres. Celle qu'il avait adressée au ministre du Logement était d'une violence extrême. L'abbé Pierre le tenait pour responsable de la mort d'un enfant et lui interdisait de se rendre à ses obsèques. « Lis ça et reprends ton texte cette nuit. » Je passai la nuit dans les tourments de la recherche des mots qui frappent avant de trouver la formule : « Monsieur le ministre, faites la guerre à la pauvreté, pas aux pauvres. » Je revins le lendemain matin, timide, avec ma copie, comme un élève n'ayant pas eu la moyenne à la précédente dissertation, sommé de refaire son devoir. « Eh bien voilà qui commence à ressembler à quelque chose. » L'abbé ne se trompait pas. L'attaque porta. Les télévisions titrèrent sur la colère d'Emmaüs et l'interpellation déclencha les foudres du ministre visé, qui me demanda de venir le voir place Beauvau. Je décidai de ne pas m'y rendre seul et proposai aux autres présidents d'association qui partageaient notre position de m'accompagner à ce rendez-vous. Étaient donc présents le président du Secours catholique, celui d'ATD Quart Monde et l'anesthésiste qui présidait alors Médecins du Monde. L'huissier nous introduit dans le bureau du ministre. Ce dernier n'était pas seul : il y avait aussi là son labrador. Il nous accueillit froidement et nous invita à nous asseoir. Mais, animé de je ne sais quel culot, je commençai par prendre la parole : « Monsieur le ministre, serait-il possible de faire sortir ce chien pour l'entretien ? J'ai moi-même peur des chiens (ce qui n'était pas particulièrement exact) et puisque nous allons discuter de l'interdiction de mendier avec un chien, il serait normal de ne pas nous imposer la présence d'un tel animal. » J'étais le premier stupéfait par mon toupet, mes acolytes ne l'étaient pas moins, et je vis le ministre se raidir, faisant un effort surhumain pour se contenir. Je me rappelle l'avoir entendu dire : « Ce n'est pas un chien, mais un labrador », tout en entrouvrant la porte du secrétariat attenant pour faire sortir le chien. Je me sentais héroïque, ou plutôt inconscient d'avoir provoqué un tel affront. Cet incident ajouta une dose de tension supplémentaire à l'entretien et ce fut le président du Secours catholique, ancien préfet, qui recueillit les foudres du ministre de l'Intérieur, prenant un malin plaisir à lui demander comment il pouvait, en tenant ses positions, prendre la défense de la prostitution, avec force détails à l'appui de sa démonstration. Nous obtînmes cependant l'assurance que sur certains points le projet de loi serait amodié, ce qui advint. J'étais bien évidemment à mille lieues d'imaginer que, cinq ans plus tard, je deviendrais membre du gouvernement du Président Sarkozy.

J'ai par la suite souvent repensé à cet épisode, à l'effort sur moi-même qui m'avait été nécessaire pour flirter avec l'insolence afin de montrer qu'il n'y a pas de risque à signifier à un personnage, aussi autoritaire soit-il, que l'on garde toujours une marge de liberté, même pour les détails.

Je me suis demandé dans quelle mesure mon comportement avait un rapport avec la relation au pouvoir qui m'avait été léguée.

J'ai appris, depuis toujours, que l'engagement ne veut pas dire soumission à une quelconque autorité. C'est plutôt l'apprentissage d'une certaine distance vis-à-vis du pouvoir. Hors de question d'exercer son droit d'engagement à n'importe quel prix, en tout cas pas au prix d'aliéner sa liberté. Le travail était à la fois une passion et quelque chose dont on restait libéré. Les contraintes n'étaient jamais subies, elles demeuraient choisies. On faisait équipe avec des personnages qu'on admirait, avec lesquels on avait des liens de complicité, comme Jean Monnet ou Paul Delouvrier, on faisait corps avec sa propre équipe, jusqu'à ce que les liens créés persistent plus de vingt ans après la mort. Mais on ne dépendait pas d'un président de la République ou d'un ministre. C'était en quelque sorte vulgaire d'imaginer que la fonction, aussi haute soit-elle, puisse justifier un lien de dépendance ou de subordination. Aux hautes fonctions, on devait plus la politesse que le respect, à condition que celle-ci n'interdise pas l'impertinence. Ainsi, mon grand-père racontait qu'il participait, comme commissaire au Plan, aux réunions interministérielles présidées par de Gaulle et qu'il était le seul, avec Antoine Pinay, à l'appeler « monsieur le Président », quand tous les autres lui donnaient du « Mon général ». Et il en riait encore : « Chaque fois, cela provoquait chez lui un haut-le-corps mal dissimulé. »

J'ai eu l'occasion de vérifier la véracité de cet acte de bravoure alors que j'étais en stage à la préfecture de la Loire. Un beau jour, on a frappé à la porte de mon bureau. À peine avais-je autorisé à entrer que pénétrait un petit homme très âgé, avec une canne et un chapeau. « Excusez-moi de vous déranger. Je suis Antoine Pinay. J'ai l'habitude de rendre visite aux stagiaires de l'ENA qui viennent dans mon département.

Ils sont occupés, moi j'ai tout mon temps, alors est-ce que je ne vous dérange pas ? » Et je me retrouvai ainsi face à l'homme du nouveau franc et de l'emprunt, âgé de près de 100 ans. Il me montra son bras avec sa marque de déportation et, quand je lui parlais de mon grand-père, il m'authentifia tout de suite l'anecdote. Je n'osai pas lui dire cependant que celui-ci avait refusé le ministère qu'il avait accepté.

Cette liberté se marquait, s'écrivait et se transmettait. Elle trouvait son acmé dans la blague dont raffolait mon père avec l'un de ses amis de l'École polytechnique, Maurice Faunières. Ils avaient l'habitude chaque année de partir randonner plusieurs jours en montagne. L'âge venant, les étapes ne se faisaient plus sous tente ou en refuge mais dans de petits hôtels, les sacs à dos pouvant ainsi s'alléger et la longueur des étapes rester la même. Un jour, un hôtelier les traita mal. Il faut dire qu'ils ne débarquaient pas en costumes-cravates, mais avec de lourdes chaussures de montagne, des knickers vieux de trente ans, des gros sacs à dos mal ficelés. Des chambres minables leur furent attribuées, un service mal aimable proposé. Mon père et son ami Maurice Faunières eurent recours à un habile stratagème. Partant se promener, ils s'arrêtèrent dans une cabine téléphonique. Là, Maurice appela l'aubergiste : « Ici le ministre de l'Intérieur. Puis-je parler à Bernard Hirsch ? » L'aubergiste affolé : « Désolé, monsieur le ministre, il vient de sortir. – Pouvez-vous lui dire qu'il me rappelle dès son retour, pour une affaire urgente ? – Bien sûr, monsieur le ministre. » En revenant de leur promenade, ils passent devant la réception. L'aubergiste se précipite sur eux : « Monsieur Hirsch, il faut que vous rappeliez de toute urgence le ministre. – Le ministre ? s'esclaffa mon père. Qu'il aille se faire voir.

Il attendra. » Ils ne pouvaient raconter cette histoire sans rire à gorge déployée, en évoquant la mine éberluée de l'aubergiste qui changea d'attitude à leur égard. De chambres sur rue, ils passèrent immédiatement à des chambres plus spacieuses sur jardin. Les deux amis aimaient à décrypter ce revirement de situation : « Pour un aubergiste, qu'un ministre appelle un client, c'est déjà quelque chose, mais il reste suspect. Mais qu'on puisse dire merde à un ministre, ça, ça force son admiration et son estime. »

Dans cette espièglerie, il y avait un fond de vérité : ce n'était pas aux hommes puissants de dicter leur vie.

Au moment où la question de mon entrée au gouvernement s'est posée, et donc celle d'un certain engagement, j'ai bien évidemment pensé à mon grand-père dont l'un des grands faits d'armes est d'avoir refusé d'être le ministre des Finances de De Gaulle lors de son retour au pouvoir en 1958 qu'il relate dans *Ainsi va la vie* :

« La nouvelle des événements du 13 mai à Alger m'a contraint à quitter précipitamment Tbilissi. Le lendemain j'étais invité à me préparer à être à la disposition du général de Gaulle. Pour ma part j'étais résolu à refuser ma caution à ce que je considérais comme un coup d'État. C'est à Vincent Auriol, qui curieusement apportait son concours à de Gaulle pour la constitution de son cabinet, que j'ai fait connaître mon refus. Francis Leenhardt, député social et rapporteur général de la commission des finances, m'a téléphoné pour m'adresser ses félicitations. Devant ma surprise, il m'a expliqué que Guy Mollet, afin d'obtenir du groupe socialiste un vote favorable à de Gaulle, avait annoncé que je serais nommé ministre de l'Économie. Cette fausse nouvelle a d'ailleurs été donnée par les journaux. Cela m'a valu un coup de téléphone angoissé d'Antoine [son fils] qui ne comprenait pas ce qui lui paraissait un reniement de mes convictions. Je l'ai rassuré mais j'ai compris combien j'étais comptable de mon comportement si je voulais conserver la confiance de mes enfants. Le 28 mai, j'ai participé au grand défilé de la Nation à la République des syndicats et des opposants de gauche. Malgré la foule, les pancartes et les slogans, dont le plus pittoresque était "La girafe au zoo", on avait l'impression de la résignation au fait accompli. »

Pour ma part, je n'eus pas le courage de dire non, mais je pris le titre de « commissaire » que mon grand-père avait si longtemps porté.

Où l'on dit deux mots du comte

Récemment, je présidais un petit jury littéraire. Il s'agissait de décerner le prix du meilleur roman social. Consciencieusement, j'ai lu tous les livres. L'un d'entre eux a retenu mon attention et j'hésitais à le sélectionner jusqu'à la dernière page, fatale. Il y est question d'une femme illettrée à laquelle l'auteur apprend à lire lettre après lettre et mot à mot en clignant les paupières, « comme le Dantès de Dumas ». Il y a bien dans *Le Comte de Monte-Cristo* un paralytique qui ne peut s'exprimer que par clignements d'yeux. Cependant il ne s'agit pas d'Edmond Dantès, mais du vieux Noirtier, ancien général d'Empire, grand-père de Valentine, père du procureur de Villefort. Exit le roman de ma liste. L'auteur ne pouvait savoir qu'elle avait commis, à mes yeux, un sacrilège. S'embrouiller dans les personnages d'un livre que j'avais lu tant de fois. En commençant tantôt par la fin, tantôt par le milieu. Ou d'une traite, selon mon humeur. Oh, je ne me suis jamais fait d'illusion sur la qualité de cette œuvre si populaire. Conçue comme un feuilleton. On fait de Monte-Cristo le parangon de la vengeance. Mais ce n'est pas le vengeur qui m'attire. C'est le frisson de connaître la véritable identité du héros, dans une étonnante complicité entre l'auteur et le lecteur alors que les autres personnages n'en savent rien. Ils ne voient que Monte-Cristo là où nous suivons Dantès. Et comme le héros ne peut être démasqué, on palpite de savoir à quel moment il va lui-même choisir de se dévoiler. On a envie de hurler son nom à Valentine, à Maximilien, à Mercédès, à toute la famille Morel. Il doit se faire connaître de ses anciens bourreaux, mais Dumas feint de préserver l'ignorance supposée du lecteur. Ainsi, quand ce scélérat de Caderousse meurt, et que l'auteur juge qu'il est trop tôt pour rendre explicite l'identité du comte, lisons-nous :

« "Par la tombe de ton père ! dit Caderousse, ranimé par une suprême étincelle et se soulevant pour voir de plus près l'homme qui venait de lui faire ce serment sacré à tous les hommes : Eh ! qui es-tu donc ?"

Le comte n'avait pas cessé de suivre le progrès de l'agonie. Il comprit que cet élan de vie était le dernier ; il s'approcha du moribond, et le couvrant d'un regard calme et triste à la fois :

– Je suis… lui dit-il à l'oreille, je suis…

Et ses lèvres, à peine ouvertes, donnèrent passage à un nom prononcé si bas que le comte semblait craindre de l'entendre lui-même. »

Il faut attendre encore plusieurs chapitres pour entendre le fameux nom prononcé à haute voix. Et de quelle superbe manière.

C'est cette scène sublime que je relis plus que de coutume. Mercédès, pour sauver son fils, y implore le comte : « Edmond. Permettez-moi de vous appeler Edmond. » Depuis quelque trois cents pages, le lecteur se demande si la Catalane a reconnu son ancien fiancé. En fait, oui, dès la première fois qu'ils se sont revus, bien sûr. Dumas se garde bien de nous le dire, feignant de le découvrir avec nous à quelques chapitres de la fin du troisième tome. Quelle merveille. Je me souviens que le comte de Monte-Cristo, sans qu'il le sache, m'a aussi sauvé la vie. Ou ce qui revient au même, il m'a sauvé du péril de l'ennui. C'était lors de mon premier séjour dans une famille anglaise. Je ne partageais aucun centre d'intérêt avec mes hôtes qui regardaient la télévision toute la journée et qui me demandaient si j'étais malade quand j'allais me coucher après avoir vu consécutivement trois séries idiotes. Non, je n'étais pas malade. J'avais rendez-vous avec Edmond Dantès, qui m'attendait.

Où l'on va en Terre promise avec le vieux monsieur indigné

En 2003, il y a eu une recrudescence de violences entre Palestiniens et Israéliens. Ceci a conduit à des manifestations à Paris, l'une le samedi pour soutenir les Palestiniens, l'autre le dimanche pour soutenir les Israéliens. Je décidai de participer aux deux. Je pris ma kippa pour me rendre à la première et empruntai un keffieh pour me rendre à la seconde.

Je rejoignis vers Denfert-Rochereau la première manifestation et coiffai ma kippa. Cela me fit un drôle d'effet, parce que je ne l'avais jamais portée ailleurs que dans une synagogue, lors des rares occasions où j'étais invité à un mariage ou une autre cérémonie. Au bout de quelques minutes, deux gaillards surgirent pour me prendre au collet et me donner un violent coup de poing. Trois autres personnes s'interposèrent immédiatement, maghrébines elles aussi, s'excusèrent, me remercièrent de ma présence et me proposèrent leur protection. Je fis donc tout le défilé à leurs côtés, sans jamais être ennuyé. Je me sentis un peu imposteur, mes anges gardiens étant persuadés que j'étais un juif pratiquant venu leur apporter son soutien.

Le lendemain, le cortège allait de la République à la Nation. Je passai d'abord chez l'un de mes frères habitant sur le trajet. Je lui racontai l'épisode de la veille et indiquai mon intention de me parer d'un keffieh. « Tu n'y penses pas. Eux sont vraiment violents. Tu vas te faire casser la gueule. » Je cachai donc mon keffieh d'emprunt sous mon blouson et rejoignis le cortège. Effectivement, le Betar et autres Ligue de défense juive étaient présents avec l'intention d'en découdre. Je réussis à rejoindre un groupe qui se distinguait des autres avec des banderoles pacifistes à l'effigie du mouvement « La paix maintenant ». On me proposa de tenir l'un des montants de la banderole. Ce que je fis. Nous nous attirâmes aussitôt une charge violente de la Ligue de défense juive, armée de matraques. Les juifs chargeaient d'autres juifs, parce qu'ils appelaient à la paix. Dans notre petit groupe, je retrouvai quelques connaissances, dont le pédiatre Matthieu de Brunhoff.

Cela me valut d'être invité quelques jours plus tard à une réunion dont le propos était d'organiser un voyage en Israël et en Palestine pour soutenir les pacifistes. Y assistaient Stéphane Hessel, Raymond Aubrac, Gérard Toulouse, Matthieu de Brunhoff et quelques autres. Stéphane Hessel présenta le projet : « Dans ce contexte, il faut que des intellectuels juifs témoignent, apportent leur soutien aux pacifistes qui se sentent bien seuls et qui ne comprennent pas la position de la France. Qui est partant ? » Tout le monde se déclara prêt. Les regards se tournèrent alors vers moi. « Et vous, Martin ? – Je me joindrais volontiers à un voyage d'intellectuels juifs. Le problème, c'est que je ne suis ni vraiment intellectuel ni vraiment juif. » J'expliquai que si mes parents étaient juifs, ma mère s'était convertie au protestantisme et m'avait fait baptiser protestant. Cela déclencha une exclamation de Stéphane Hessel : « Mais cela n'a aucune importance. Moi, mon père était juif mais ma mère ne l'était pas. » Et tout le monde de renchérir. Certains étaient juifs par leur père, d'autres par leur conjoint… chacun avait un petit accroc par rapport à la définition orthodoxe du judaïsme ! Dans ces conditions, s'il n'y avait pas de malentendu, j'en étais.

Nous fîmes donc un périple d'une dizaine de jours, accueillis sur place par Michel Warschawski, grand militant pour la paix, des membres d'une organisation dénommée Gush Shalom et l'un de ses leaders, Uri Avneri. Ces hommes très engagés se sentaient ultra-minoritaires. Nous passâmes dix jours passionnants et troublants. Nous rencontrâmes les refuzniks, ces jeunes Israéliens qui refusent de s'enrôler dans l'armée, des militants des droits de l'homme. Nous vîmes les débuts de la construction des murs, la percée des colonies, la queue aux « check points », les témoignages de celles et ceux qui avaient été malmenés par les soldats israéliens. Nous visitâmes les camps de réfugiés à Gaza. Là, alors que nous marchions le long de la limite entre le territoire et Israël, des soldats israéliens nous tirèrent dessus, nous forçant à nous mettre à l'abri. C'était inimaginable. Notre délégation d'une petite huitaine de personnes comportait deux grandes figures de la Résistance, juives toutes deux. Stéphane Hessel, qui avait été déporté et qui avait, après la guerre, participé à la rédaction de la Déclaration universelle des droits de l'homme de l'ONU, adoptée en 1948. Raymond Aubrac, qui, avec sa femme, Lucie, avait été l'un des héros de la Résistance et l'un des protagonistes d'un épisode fameux, après avoir été arrêté par la gestapo à Lyon. Comment en était-on arrivé là ? À ce que de grands résistants juifs en soient à se faire mitrailler par des soldats juifs de l'État d'Israël ? Sans compter que la moyenne d'âge de notre petite délégation était proche des 70 ans et qu'aucun d'entre nous ne représentait la moindre menace ! Je me souviendrai toujours de Stéphane Hessel, une fois remonté dans notre petit car, se mettant à réciter par cœur, comme il sait si bien le faire, les plus grands poètes en français, en anglais, en allemand. Il y avait quelque chose d'extraordinaire à voir ce vieillard – il avait déjà plus de 80 ans –, si grand ami d'Israël, ancien ambassadeur de France, à la vie hors du commun, à la culture humaniste immense, venir avec tant d'humilité tenter de témoigner avec des moyens si rustiques pour convaincre les Israéliens de changer de politique, porté par l'enthousiasme et la ferveur d'un adolescent idéaliste. Le voyage incluait un passage à Ramallah, où nous fûmes reçus par Yasser Arafat. Cela devait être un an avant sa mort. Arafat était gardé prisonnier dans la Mokhata, le palais présidentiel à moitié détruit dans le centre de la ville. Il nous accueillit dans une petite salle et nous passâmes une heure avec le chef de l'OLP, devenu le président d'une autorité palestinienne sans autorité. Curieux sentiment que celui d'être à la table de l'homme que je considérais, quand j'étais adolescent, comme l'un des plus abominables personnages. C'était l'époque où l'OLP était le mouvement terroriste qui menaçait l'existence de l'État d'Israël et Arafat incarnait alors cette menace aveugle. Je faisais partie de ceux qui avaient été troublés quand Mitterrand l'avait reçu à Paris. C'était en réalité un homme faible, qui sollicitait notre soutien et qui ne parlait que de paix. À la fin de l'entretien, il embrassa chacun d'entre nous chaleureusement. Je réussis à me contenter d'une poignée de main. Le baiser d'Arafat, c'était un peu trop pour moi, quand même.

Quel voyage troublant. Cette violence implacable,

cette intolérance si marquée, cette impasse absolue, ce retournement de situation où les juifs deviennent les agresseurs, ceux qui transigent avec les droits de l'homme. Combien de chefs d'État ont obtenu le prix Nobel de la paix pour leur intervention dans un conflit qui n'a jamais connu de trêve durable ?

Où Moïse s'éclaire

La première fois que j'ai rencontré Moïse, j'avais 18 ans. Il faut dénicher la basilique San Pietro in Vincoli, la basilique Saint-Pierre-aux-Liens, au-delà de via Cavour, derrière le Colisée. Elle ne paye pas de mine. Elle doit son nom aux reliques qu'elle abrite : les chaînes de saint Pierre lors de son emprisonnement à Jérusalem. Mais surtout, à la droite de la nef, il y a ce monumental Michel-Ange. Pour l'éclairer, il faut payer. Glisser cent lires à l'époque, cinquante centimes d'euro aujourd'hui, dans un appareil qui délivre une minute de lumière. Je n'avais pas de monnaie sur moi. Je m'étais donc tapi dans l'ombre et j'attendais que des touristes glissent leur pièce. Ainsi, j'avais des flashs d'une minute. J'ai dû rester une bonne demi-heure, fasciné.

Ce Moïse est célèbre pour cette bizarrerie sur son front. Comme deux cornes, qui symbolisent le lien le rattachant à Dieu. Moïse est massif. On regarde d'abord sa main droite, qui tient les Tables de la Loi avec un index pointé. D'immenses doigts fins. Son bras gauche, lui, est tout en muscles. Comme ses jambes, fortes, imposantes. Ce Moïse ressemble à un colosse. On remonte sa barbe, longue, répartie en tresse ondulante, comme la mer Rouge. D'ailleurs, l'index gauche écarte la barbe comme la baguette écartait les flots. Et le nez droit. Régulier. Un nez grec. Un regard ténébreux. Le corps n'est pas celui d'un petit juif fuyant l'Égypte mais celui d'un athlète antique. Le visage est celui d'un dieu grec. La barbe est celle d'un druide. Sa stature est celle d'un empereur. Ce Moïse semble symboliser la revanche du peuple juif sur tant de siècles de persécutions.

J'y ai entendu résonner ces vers d'Alfred de Vigny que mon père répétait chaque fois qu'il était confronté à une difficulté : « Seigneur, vous m'avez fait puissant et solitaire. Laissez-moi m'endormir du sommeil de la terre. » Vigny faisant parler un Moïse accablé d'avoir sauvé son peuple, de lui avoir fait quitter l'Égypte, de lui avoir fait traverser la mer Rouge, de l'avoir conduit jusqu'à la Terre promise, et d'être trahi. Ce peuple qui, pendant qu'il montait sur le mont Sinaï, ne trouvait pas mieux que d'adorer le veau d'or et de se livrer à la débauche. Moïse se sent seul, face à la bassesse des siens. Dieu ne l'a-t-il pas lui-même abandonné ? Vigny décrit la solitude du pouvoir, l'ingratitude du peuple, la faiblesse de la démocratie.

Où l'évanouissement tient lieu d'apprentissage

Faire de moi un chirurgien orthopédiste : c'est ce qu'ont tenté mes grands-oncle et tante, Polo et Raymonde. Dès ma première année de médecine, ils m'ont traité avec les égards dus à un futur confrère. Étudiant à Cochin, ils m'ont proposé leur hospitalité, quand mes cours étaient tôt, dans l'immense maison de la rue Jean-Dolent, à deux pas de l'hôpital. J'étais intimidé de me trouver ainsi dans leur intimité qu'ils me faisaient partager comme si j'étais leur petit-fils. Je me souviens du système ingénieux que Polo avait inventé pour que son œuf à la coque, et donc le mien aussi, puisse être préparé sans qu'il n'ait rien à faire. Je ne saurais décrire précisément le procédé, mais il me semble qu'il y avait une minuterie qui reliait un réveil à un interrupteur qui déclenchait la plaque chauffante qui devait interrompre la cuisson à la seconde près pour que l'œuf soit parfait.

Quand j'étais en deuxième année, tous les cours ont été interrompus par une grève des étudiants en médecine. C'était une drôle de grève, comme il y a des drôles de guerres. Nous étions en 1982 et François Mitterrand avait nommé un ministre communiste à la Santé, qui s'était mis en tête de réformer les études de médecine. Inutile de dire que le corps médical, le docteur Le Cœur inclus, n'appréciait pas d'avoir un ministre communiste. Les enseignants avaient donc encouragé les étudiants à se mettre en grève. L'industrie pharmaceutique avait soutenu le mouvement en fournissant gracieusement des buffets somptueux aux étudiants grévistes tandis que les professeurs de médecine validaient les stages des absents et leur annonçaient qu'ils auraient de toute manière leurs examens. Les conditions de la grève étaient moins pénibles que dans les usines ! Mais le résultat, c'est que j'étais désœuvré. Polo me proposa de l'assister dans ses interventions à la clinique Geoffroy-Saint-Hilaire. Il allait faire de moi un chirurgien orthopédiste, ce qui passait d'abord par tenir des écarteurs.

La séquence était toujours la même. Nous commencions par déjeuner tous les trois dans la cuisine de la rue Jean-Dolent. Tandis que nous mangions, tante Raymonde s'occupait de la stérilisation des instruments : de grandes boîtes en fer étaient introduites dans le four d'où venait d'être extrait le hachis parmentier. Ces boîtes contenaient des instruments classiques (pinces, écarteurs, bistouris) et d'autres qui l'étaient moins, fruits de l'invention et du bricolage de Polo. La stérilisation à haute température avait lieu pendant le repas, en général consacré à l'histoire du protestantisme. Il me fallait acquiescer à intervalles réguliers, alors que j'étais totalement perdu, sans le moindre repère dans le discours savant de mon grand-oncle, surtout préoccupé de savoir comment j'allais supporter l'opération.

Il était alors l'heure de partir. Les boîtes sorties du four étaient placées dans un panier en osier, le même qui était utilisé pour recueillir les œufs de leurs poules à Flainville. On montait dans la voiture décapotable. Polo, au volant, poursuivait l'histoire du protestantisme, agrémentée de quelques diversions sur la polio, sur Pedro, le réfugié espagnol qui fabriquait les meilleures semelles orthopédiques de Paris, sur les tibias et sur les péronés. Il me regardait en me parlant, ce qui l'empêchait de suivre la route. Il conduisait lentement, mais régulièrement nous tamponnions une voiture. Une marche arrière et nous étions repartis, comme si de rien n'était. La décapotable était toute cabossée et les pauvres voitures qui avaient le malheur de se trouver sur le trajet entre la rue Jean-Dolent et la rue Geoffroy-Saint-Hilaire risquaient un pare-chocs enfoncé, une aile égratignée. Heureusement le trajet était court. L'histoire du protestantisme se poursuivait pendant que nous enfilions les tenues stériles, pyjamas bleus, blouses, masques, gants.

Lors des premières interventions, la vue du sang me faisait m'évanouir. Pas de quoi perturber Polo, qui demandait simplement à l'infirmière de me tirer par les pieds hors du bloc opératoire, de m'asperger d'eau, de me remettre une nouvelle tenue stérile et de me faire revenir. Il m'est arrivé ainsi de perdre trois ou quatre fois connaissance durant la même opération, avec trois allers-retours entre le bloc opératoire et la salle d'habillage. Mais cela m'a immunisé. C'était la bonne méthode et cela ne semblait pas déranger Polo, qui continuait à prélever des petits fragments d'os iliaque pour pouvoir allonger un tibia et mettre fin à un boitement.

J'ai beaucoup repensé à ce moment de ma vie quand je me suis retrouvé quinze ans plus tard, en tant que directeur du cabinet du ministre de la Santé, à devoir faire adopter un statut pour les aides opératoires – ce qu'on appelait le décret « femmes de chirurgiens ». La question était de savoir si on pouvait dispenser de formation, de qualification et de diplôme des femmes qui, pendant vingt ans, avaient secondé leur mari et maîtrisaient probablement plus le maniement d'écarteurs qu'une fraîche diplômée d'une école de santé. J'ai aussi frémi rétrospectivement quand je me suis retrouvé à organiser la stérilisation du matériel médical pour les hôpitaux de l'Assistance publique et à faire appliquer des normes, assez éloignées du four de la cuisine de la rue Jean-Dolent et du panier des poules.

Tout cela ne m'a pas empêché d'interrompre mes études de médecine, tout en gardant l'espoir de les finir un jour, maintenant que j'ai appris à ne plus m'évanouir à la vue du sang, à tenir des écarteurs et à maîtriser quelques bribes de l'histoire du protestantisme.

Où l'on joue une musique d'adieu

L'été 1988 est tragique. Mon père a un cancer du poumon. C'est un de ses cousins, radiologue, qui me l'apprend. À mon père, il ne l'a pas dit explicitement, mais il pense qu'il a compris. Il me le dit à moi, qui l'avais appelé à la rescousse pour savoir s'il voulait bien prendre son cousin en urgence. Il est lui-même catastrophé. Je suis dans mon petit bureau de préfecture quand il m'apprend la nouvelle. Il y a beaucoup de métastases. Le pronostic est mauvais. Très mauvais. Je téléphone à mes frères et sœur. La maladie évoluera en quelques semaines. C'est le dernier été. Les dernières vacances. Nous ne prononcerons jamais le mot cancer entre nous. Avec ma mère, nous ferons comme si nous ne savions pas. Elle ne sait pas vraiment. Plus exactement, elle fait un effort surhumain pour se convaincre qu'elle ne sait pas, ou qu'elle ne doit pas savoir. Jusqu'à la fin. Mon père me dit de ne pas lui en parler. Chimiothérapie, radiothérapie. Hôpital, ambulance, retour à la maison. Ses jambes ne le portent plus. Il est épuisé. Il a du mal à parler. Nous avons la gorge constamment nouée. La famille se retrouve autour d'un père allongé. « Si nous jouions un duo ? » J'installe les pupitres, je prends les deux violoncelles. Celui qu'avait mon père enfant et qu'il a passé d'abord à mon frère aîné, quand il jouait, puis à moi, quand je m'y suis mis. Son père, Étienne Hirsch, lui en avait alors donné un autre. Magnifique, mythique : le violoncelle de mon grand-père inspirait autant de respect que le grand-père lui-même. Pas une parole n'est échangée. Mon père fait une grimace de douleur en se redressant. Il faut l'aider. Il esquisse quelques pas, s'empare du violoncelle. « Trois, quatre. » Ce sont d'abord des duos de Bartók, puis de Mozart. Nous les avons joués cent fois, mille fois peut-être depuis des années. Le dimanche après-midi. Nos instruments grincent. Mais les archets s'agitent. On retrouve nos réflexes. On s'attend. Le son monte. Il rompt un silence de mort. De mort, oui. Je vais chercher une autre partition. Deux violoncelles et piano. Haendel. Madeleine, ma sœur, se dirige vers le piano. Toujours sans une parole. Le mouvement lent est peut-être un peu plus lent que d'habitude. Un peu plus tragique surtout. Les sourires se mêlent aux larmes. Nous sommes en 1988, mais nous pourrions être cinq ans plus tôt ou dix ans, ou quinze ans. Nous n'avons jamais cessé de jouer Bartók, Mozart, Haendel. Nous n'avons jamais cessé de planter nos piques de violoncelle dans les rainures du parquet. Le pupitre doit avoir cinquante ans. Nous avons toujours joué un peu faux. De ce point de vue là, cela ne doit pas être pire que d'habitude. L'émotion est sans commune mesure. Nous savons que c'est la dernière fois. Mon père cessera de vivre quelques jours plus tard. Les partitions d'Haendel sont restées des années sur le vieux pupitre. Personne n'a jamais eu le cœur de les retirer.

Où le seul hommage est de continuer

Il est 2 heures du matin, ce 22 janvier 2007, quand mon téléphone portable sonne. C'est Laurent Desmard, le secrétaire de l'abbé Pierre. « Martin, il faut que tu viennes. Le père ne va pas bien du tout. » Le temps d'enfiler des vêtements, je pars pour le Val-de-Grâce, où je vais tous les jours depuis deux semaines. Je connais bien cet hôpital. J'y ai été externe vingt ans plus tôt. En chirurgie. Chez le professeur Pailler. J'y ai appris à détecter le « syndrome de la gare de l'Est ». Un syndrome qui atteignait, le dimanche soir, les troufions affectés en Allemagne. Au retour de permission, en arrivant à la gare, ils ressentaient une douleur vive au bas du ventre à droite. Mieux vaut se faire opérer de l'appendicite que de retrouver sa caserne à Berlin. Mon rôle ? Leur faire reprendre leur température, sans sortir de leur chambre, pour vérifier que le thermomètre n'était pas posé sur le radiateur. Cela soignait efficacement. Température prise tout seul. 38,5 °C. Température prise en ma présence. 37 °C tout rond ! J'ai ainsi soigné beaucoup d'appendicites et renvoyé impitoyablement des jeunes gars de 18 ou 19 ans à l'est. L'abbé Pierre, lui aussi, connaît bien le Val-de-Grâce. Il y va presque tous les six mois depuis quelques années. Pour des contrôles. Pour se remettre quand il est trop fatigué. Lorsqu'il y est rentré quinze jours plus tôt, nous avions un mauvais pressentiment. Il n'était vraiment pas bien. Très affaibli. Davantage que les autres fois. Nous sommes trois ou quatre à avoir accès à lui régulièrement. Laurent, sa nièce Odile, celle qui s'occupe de son quotidien, Gordana (elle est serbe, il faudra que je sois au gouvernement pour faire obtenir après moult difficultés des papiers à cette merveilleuse garde-malade qui a rendu supportables les dernières années de l'abbé Pierre) et moi. Nous avons organisé les choses pour que sa famille et quelques-uns de ses plus proches au sein de la seconde famille Emmaüs puissent lui rendre visite. À l'extérieur, nous ne faisons pas connaître la réalité de son état. Nous ne voulons pas de la curie. Nous disons juste que l'abbé est un peu fatigué. Ses séjours réguliers au Val-de-Grâce aident à banaliser ce séjour supplémentaire. Le président de la République, Jacques Chirac, m'appelle presque tous les jours. Il veut venir le voir. Je ne lui dis pas que l'abbé va si mal. « Monsieur le Président, il préférera vous voir quand il sera sorti. » Le Président plaisante, m'appelle cérémonieusement « monsieur le président ». « Je comprends, monsieur le président. Quand on est à l'hôpital, il y a toujours une série d'emmerdeurs qui veulent venir vous voir. Mais dites à l'abbé que ce n'est pas pour l'emmerder. C'est par affection. Allez, vous lui faites mes amitiés. » Et le lendemain, il me rappelle ! Il ne reverra pas l'abbé Pierre. Il viendra s'incliner sur sa dépouille au Val-de-Grâce. Après s'être recueilli, il se tourne vers moi et d'une voix forte s'exclame : « Qu'ils sont cons, ces catholiques. Ils auraient dû le faire pape, notre abbé Pierre ! » Il s'aperçoit soudain que le curé du Val-de-Grâce est à côté de nous, et de sa voix tellement imitable le rassure : « Je ne dis pas ça pour vous, mon père. »

Quand j'arrive à 2 heures et demie du matin, ce 22 janvier, l'abbé Pierre est calme mais sa respiration est très faible. La fièvre est repartie. Les paramètres biologiques ne sont pas bons. Tout le monde parle très doucement. Nous restons avec lui, Laurent, Odile et moi. De temps en temps un médecin ou une infirmière passe. On parle peu ; on se regarde et on se comprend. Les deux heures qui suivent sont les dernières. Douces, calmes et belles. Il est 4 heures et demie au moment de son dernier souffle. Odile et Laurent récitent des prières. L'infirmière nous a apporté du café. La première parole est de Laurent : « L'abbé n'aimerait pas qu'on laisse ce café refroidir. Il nous engueulerait. » On sourit. On a froid. Et ce café nous réchauffe. Je demande aux médecins de ne prévenir strictement personne. Au Val-de-Grâce, ils ont consigne d'avertir leur hiérarchie, qui prévient les autorités militaires, qui préviennent les autorités civiles. Je négocie une heure et demie de répit. Nous avons besoin de nous poser, de nous remettre.

Je garde un souvenir incroyable de cette heure et demie, en dehors du temps et du monde. Nous sommes seuls à savoir que l'abbé Pierre n'est plus. On nous a laissé une petite salle et beaucoup de café. Odile, Laurent et moi, nous revivons les quinze derniers jours. Nous savons qu'il est parti en paix. Nous nous remémorons quelques souvenirs. Mais il faut aussi penser à la suite. Dès que la nouvelle sera annoncée, un vent de folie se lèvera et nous ne serons plus tranquilles. Il faudra que je prévienne une journaliste de l'AFP, qui m'a appelé plusieurs fois dans la semaine. Au ton de ma voix, parfois, elle a compris que cela allait mal.

Elle a dû obtenir aussi une ou deux indiscrétions des médecins. Je l'ai suppliée de ne rien écrire. En accord avec Laurent, nous ne voulions pas que les derniers jours de l'abbé soient pollués, abîmés, par une effervescence, par un bulletin médical quotidien, par des spéculations. Nous avons réussi à garder le secret. À la journaliste, j'avais dit : « Pour lui, pour nous, je vous en supplie, n'écrivez rien. En échange, c'est vous que j'appellerai la première. » Je me suis engagé. Je pense avoir bien fait. Nous avons été préservés. Mais maintenant il faut passer à l'acte. En tenant mon portable dans la main, j'ai l'impression de détenir le bouton atomique. Le numéro de la journaliste est enregistré dans la mémoire du téléphone.

Plusieurs fois, cela s'est produit dans l'autre sens. De fausses alertes. Les journalistes m'appelaient, parce qu'il y avait un bruit qui courait. Quelqu'un avait dit que l'abbé Pierre était mourant, mort, parfois. À deux ou trois reprises, j'ai eu du mal à éteindre les rumeurs. J'appelais l'abbé Pierre qui ne répondait pas ou Laurent qui n'était pas disponible. Et si c'était vrai ? Il me fallait une heure ou deux pour les trouver et savoir que ce n'était pas le cas. Parfois, cela prenait des proportions ahurissantes. Il m'est arrivé d'être appelé en une demi-heure par vingt journalistes sans vergogne, qui voulaient avoir le « scoop » de la mort de l'abbé Pierre. Il fallait que je leur dise qu'il était bien vivant. Quand ils étaient trop charognards, je les taquinais un peu. Il m'est arrivé de prendre une voix d'enterrement pour les faire douter quelques minutes, puis de les détromper et de les engueuler.

Curieusement, c'est pendant les deux dernières semaines de la vie de l'abbé Pierre que les alertes ont été les moins fréquentes. À part la journaliste de l'AFP, ils ont tous été trompés par notre première déclaration qui banalisait ce séjour.

Je m'apprête à appeler. Puis je repose le téléphone. Pour gagner dix minutes de calme. J'appellerai d'abord la présidence de la République. Je l'avais promis au Président. Puis tout de suite après l'AFP. Une seule phrase, qui fera une dépêche : « L'abbé Pierre est mort, le 22 janvier à 4 h 30 du matin, au Val-de-Grâce. » Dix minutes plus tard, toutes les caméras, tous les micros, sont devant les grilles de l'hôpital. Les cars de télévision, les studios ambulants, puis une foule venue spontanément. Une brève déclaration : « Le meilleur hommage, c'est de continuer. » Après quoi, la journée ne s'arrêtera plus.

Où il est question du risque de porter des jugements hâtifs

Ce jour-là nous étions à Fontainebleau. Au Bilboquet, aussi nommé Cul de Chien. Un des plus beaux endroits de la forêt. Une véritable mer de sable. Des pins et surtout des rochers de grès. Un lieu à nous. Si familier que j'avais le sentiment qu'il nous appartenait. Qui d'autre pouvait y avoir autant de souvenirs ? Qui d'autre avait pu y faire autant de pique-niques, œufs durs, tomates, chips, quatre-quarts ? Qui d'autre avait pu tenter autant de fois le même passage sur le rocher légèrement en surplomb ? Qui d'autre connaissait ces bruyères et leur odeur caractéristique ? Eh bien justement, ce soir-là, il y avait une autre famille au pied du rocher. Et, sacrilège, cette famille avait garé sa voiture. Comment pouvait-elle ignorer que les voitures se garaient près du cimetière et que le reste du chemin se faisait à pied ? Que le lieu était si beau qu'il fallait y faire silence et ne pas obstruer la vue par un véhicule. Nous marchions dans le sable et, quand nous fûmes à distance de voix, mon père ouvrit le feu : « Quel beau lieu. Comment peut-on y garer une voiture aussi laide ? » Un homme installé près du véhicule se leva et se dirigea vers nous. Très poliment, il s'adressa à mon père : « Puis-je vous présenter ma femme ? » Et, stupéfaits, nous découvrîmes une femme handicapée sur une chaise roulante. Pour la première fois, je vis mon père sans repartie. Nous avions parlé trop tôt. Il m'avouerait plus tard que c'était la deuxième fois qu'une telle mésaventure lui arrivait. La première, c'était en 1945, dans le premier bataillon de choc, lors de la libération de la première ville allemande. Ils avaient vécu les combats des Vosges, la libération de Colmar, et enfin, après de nombreuses pertes, franchi le Rhin pour libérer la ville allemande frontalière. Laquelle avait été désertée par les nazis et en grande partie incendiée. Vérifiant que les rues étaient devenues sûres, sans tireur en embuscade, mon père vit sortir d'une cave un vieil homme rabougri, affamé. Il se tourna vers les autres soldats et se lança dans une tirade : « Regardez, c'est cela la race supérieure, ces Aryens qui voulaient conquérir l'Europe, éliminer les races inférieures. » Quatre années d'Occupation et de déportation trouvaient à se venger à la vue de cet homme tout ratatiné. Celui-ci écoutait, ébahi. Puis il prit la parole d'une toute petite voix : « Moi, je suis un juif belge, caché dans cette cave. Auriez-vous un peu d'eau et quelque chose à manger ? »

Où il est question de l'immense escalier de l'inégalité des chances

Je monte les marches du 28 rue des Saints-Pères après avoir salué le gardien de l'École nationale des ponts et chaussées qui m'adresse un grand sourire et me fait signe de passer, sans avoir à montrer patte blanche. Je vais voir le directeur, mon père, comme tous les soirs. Dans l'escalier qui monte à son bureau, les portraits de ses prédécesseurs depuis deux siècles me jettent un regard bienveillant.

C'est le cinquième soir que j'ai le droit à une préparation à l'oral. Et le dernier. Le grand jour, c'est demain. Les quatre premières séances ont été rudes. Mon père me trouve approximatif, bavard, hésitant, ignare, peu convaincant. Je m'apprête à subir ses critiques une nouvelle et ultime fois. Il est derrière son bureau, termine une conversation téléphonique délicate sur le budget, me fait signe de m'asseoir. Une fois le combiné raccroché, il me demande de me lancer. Je dois expliquer ce qui me motive à passer ce concours, à vouloir devenir haut fonctionnaire, à changer d'orientation. Depuis la veille, je ne me suis pas amélioré. J'ai l'impression de débiter les mêmes banalités, attendant le même verdict. Au bout de trois minutes, il m'interrompt : « Mais c'est parfait. Tu es exactement dans le ton. Garde cette spontanéité. Il ne faut pas travailler une minute de plus. Tu es fin prêt. On s'arrête là et je t'emmène dîner. »

Je reste coi. Inutile de protester. Nous faisons cent mètres pour rejoindre un restaurant très ordinaire du boulevard Saint-Germain. Il n'est plus question de droit, d'économie, de fonction publique, d'études. La conversation est légère comme le repas. Il est question de vacances et de projets d'escalade, bien sûr.

Le lendemain, l'oral se fait naturellement. Sans la moindre appréhension. Sans aucune hésitation. Avec le seul souci de ne pas infirmer le diagnostic de la veille. Et je serai reçu.

La même méthode avait marché, trois ans plus tôt, pour le concours de l'École normale supérieure. Pendant plusieurs mois, mon père m'avait fait travailler les maths et la physique. Régulièrement, il mettait en doute mes capacités. « Mais sais-tu au moins à quel concours tu te présentes ? Quand on n'a pas le niveau, il ne faut même pas essayer. » Il était toujours disponible. J'apprendrais plus tard, par la bouche de ma mère, les efforts qu'il avait dû fournir pour être là, chaque fin de semaine, prêt à consacrer deux heures aux annales de l'École normale supérieure.

De tout cela, j'ai compris que j'étais le parfait produit de l'inégalité des chances. J'ai toujours su que, quelles que soient mes capacités propres et la quantité de travail que je pouvais fournir, elles n'auraient servi à rien sans ce privilège énorme d'avoir un répétiteur d'une telle qualité. Une même personne capable de me préparer aux concours scientifiques comme à celui de la haute fonction publique. Avant que ne fleurissent les entreprises de cours à domicile, je disposais de mon propre professeur particulier de luxe.

Ceci a nourri le projet de l'Institut du service civique,

comme une compensation à l'inégalité des chances dont j'avais profité.

L'idée de l'institut est née en même temps que le service civique, en côtoyant les premiers volontaires. Je me souviens tout spécialement d'une visite aux Antilles, où nous avions déployé le premier programme d'ampleur. Quatre cents jeunes avaient été recrutés pour faire face à l'épidémie de dengue qui a sévi sur les îles pendant l'été 2010. Leur mission consistait à sensibiliser la population aux mesures de prévention. Les volontaires allaient de maison en maison pour faire la chasse à l'eau stagnante que l'on trouvait dans les bidons, les récipients d'eau de pluie. Quelques-uns allaient dans les écoles apprendre aux enfants à reconnaître les moustiques vecteurs de la maladie. J'assistais à leurs interventions. Certains d'entre eux étaient particulièrement doués, pédagogues. Ils expliquaient le cycle d'Aedes ægypti, le fameux moustique qui transmet la dengue, comme s'ils avaient enseigné la biologie depuis plusieurs années. Et pourtant, ils n'avaient fait que des études sommaires et leurs perspectives professionnelles étaient médiocres.

Quelques mois plus tard, c'est la rencontre à Mont-de-Marsan, lors d'un rassemblement des volontaires d'Aquitaine. M. est une jeune fille de 25 ans dont on m'a inscrit le nom sur un bout de papier pour que je puisse l'inviter à venir à la tribune. Je prononce son nom. Elle se lève et monte péniblement les marches. Une jambe qui fonctionne mal, une main qui ne peut se saisir du micro. Il faut le tenir pour elle. Elle doit parler, elle peine à faire des phrases. Une élocution brisée. Mais quand même une énergie hors du commun, beaucoup d'intelligence dans ses phrases maladroites. De la grâce dans ses gestes heurtés. Plus tard, on m'explique qu'elle a subi un accident vasculaire cérébral à l'âge de 19 ou 20 ans. Elle préparait les concours des grandes écoles. Tout s'est arrêté. Long calvaire. Interventions chirurgicales en chaîne. Puis le service civique. M. a présenté un dossier pour l'Institut du service civique. Son projet ? Créer une entreprise qui réalise des bas de contention fantaisie, sérigraphiés. Parce que, parmi toutes ses souffrances, il y a celle d'avoir à mettre des bas terriblement laids, normalement réservés aux vieilles dames.

M. a fait son service civique à Bordeaux, où j'étais présent le jour de la proclamation de la liste des lauréats de l'institut. Elle est venue avec son père me dire ce que cela représentait pour elle, pour eux. Ils m'ont appris que l'accident était d'origine iatrogénique, provoqué par une pilule de troisième génération. Le père m'a raconté comment sa fille avait été fauchée en plein vol. Il menait désormais un combat pour faire interdire la prescription en première intention de cette pilule. En vain. On envisageait simplement de la dérembourser.

Rien que pour M., il fallait créer l'institut. L'idée en est venue dès que nous avons vu les premiers volontaires, en métropole et dans les D.O.M. De l'évidence d'un décalage aussi énorme entre les aptitudes révélées pendant cette période d'engagement et la reconnaissance que la société offre à ses jeunes. Volontaires, ils sont capables de concevoir des projets, de se débrouiller dans des contextes difficiles, d'animer des équipes, de redonner de l'espoir à des personnes isolées. Sur le marché du travail, ils ne vaudront pas grand-chose. S'ils n'ont pas de diplômes, ils sont sûrs de rencontrer des embûches. S'ils ont des parchemins, ils n'ont aucune garantie de pouvoir faire un travail aussi intéressant que la mission qu'ils ont réalisée comme volontaires.

Pourtant notre société glorifie les valeurs de l'engagement. Elle vante cette énergie de la jeunesse. Elle déplore que tous ne s'engagent pas. Elle se lamente vis-à-vis d'une génération qui ne saurait plus prendre de risques, accepter l'effort et les contraintes. Elle ne sait pas quoi faire de ceux qui précisément font ce que la société attend d'eux. Bien sûr, nous avions introduit dans la loi l'obligation pour les établissements d'enseignement supérieur de tenir compte du service civique, répondant à une vieille revendication des associations. Mais sans aucune illusion. Et quand j'étais apostrophé sur l'attitude des entreprises à l'égard des volontaires, j'étais obligé de dire la vérité : nous n'avions aucun moyen de contraindre les entreprises d'ouvrir leurs portes à celles et ceux qui indiqueraient « service civique accompli » sur leur curriculum vitæ. Et peu d'espoir de les convaincre.

D'où l'institut. Comme une évidence. Comme une nécessité. Avec un principe simple même s'il a d'abord été très controversé : parmi toutes celles et tous ceux qui s'engagent, certains révèlent des capacités qui n'ont rien à envier à celles des jeunes ayant fait les études les plus reconnues. Ceux-là doivent accéder aux mêmes écoles, aux mêmes emplois, aux mêmes soutiens. Si nous sommes capables d'évaluer la qualité de leur engagement, alors on devrait pouvoir leur ouvrir les portes les plus prestigieuses. Il existe bien « math sup », on peut imaginer de la même manière « engagement sup ». Pendant plusieurs mois, chaque fois que j'cntendais à Haïti comme à Tourcoing, à Marseille comme à Bordeaux, à Aulnay-sous-Bois comme à Nantes, des jeunes volontaires me raconter avec talent leur mission, je me renforçais dans l'idée qu'une « grande école » devait voir le jour pour accueillir ce vivier formidable. Je suscitais des réactions polies mais peu d'enthousiasme autour de moi. On avait l'habitude de m'entendre défendre des idées farfelues et on attendait que cela passe. Ou plutôt qu'une nouvelle idée chasse la précédente. Cependant, je n'arrivais pas à me débarrasser de celle-là. Et les haussements d'épaules ou les ricanements ne me faisaient pas renoncer. Le directeur de l'institut d'études politiques de Lille fut le premier responsable de l'enseignement supérieur auquel je soumis le principe. Il s'y est engagé avec passion et le partenariat s'est élargi, grâce à lui, à l'ensemble des instituts d'études politiques de province.

Et puis, un vendredi soir, j'ai reçu un mail d'une ingénieur qui me joïgnait son curriculum vitæ, fort bien fourni, m'expliquant qu'elle était directrice de la stratégie de Météo-France, qu'elle cherchait à changer d'horizon, à travailler « dans la solidarité », et qu'elle souhaitait donc me rencontrer pour savoir si j'avais des idées à lui suggérer. Je l'ai invitée à déjeuner – merci Jean Bernard ! – et j'ai parlé de la future grande école que je voulais créer, sans qu'elle puisse m'interrompre. Je lui ai demandé si le projet l'intéressait, elle n'a pas osé dire non et, sur un coin de la nappe en papier, j'ai écrit les étapes à franchir pour aboutir à cette école comme : comment sélectionner les jeunes ? Comment avoir des partenaires ? Comment financer ? Quel statut juridique choisir ? Quelles personnalités associer à l'institut ? J'ai découpé le morceau de nappe et ai donné quarante-huit heures à mon interlocutrice pour réfléchir. C'est ainsi que Claire de Mazancourt s'est mise à travailler, avec un statut clandestin, à la mise en place de l'Institut du service civique. Au bout d'un an, nous avions une trentaine de partenaires. Des grandes écoles, des universités, des entreprises, des fondations. Nous n'avions répondu à quasiment aucune des questions initiales, mais nous avions ouvert l'appel à candidatures. Nous avions procédé comme si l'Institut du service civique était une vraie grande école. Avec des bouts de ficelle, à trois ou quatre, heureusement renforcés par le mécénat de compétences de deux entreprises, Altedia et Accenture, nous avons mis en place une procédure d'examen des candidatures, organisé un calendrier, prévu des parcours, obtenu de quoi financer quelques bourses.

Cette alchimie a produit un résultat savoureux. Celles et ceux qui ont participé à sa première semaine de séminaire d'intégration peuvent en témoigner. Ils étaient cent vingt à avoir pu nous rejoindre. Certains venaient de la Réunion, de Martinique et de Guadeloupe, ou étaient revenus quelques jours plus tôt d'Haïti. Un mélange de quelques détenteurs de parchemins prestigieux et de beaucoup de jeunes qui n'avaient pas un seul diplôme, avec un lourd passé de décrocheurs. Récidivistes parfois !

Pendant une semaine, il n'y a pas eu un débordement, pas une moquerie, pas une incivilité. Comme si le service civique avait fait son effet. Durant les conférences, celles et ceux qui posaient une question étaient applaudis par les autres. Nul besoin d'intervenir pour que chacun écoute l'autre parler.

Des ateliers leur proposaient d'écrire une frise chronologique sur deux lignes. L'une avec la grande histoire, c'est-à-dire les événements qui les avaient marqués au cours des trente dernières années (tous avaient moins que cet âge-là) : depuis la chute du mur de Berlin jusqu'à l'élection présidentielle récente. Sur la seconde ligne ils devaient porter les faits marquants de leur petite histoire personnelle. Les frises devenaient vite poignantes, émaillées d'abandons, de maladies, de séparations. Ces jeunes avaient surmonté nombre de malheurs. Ils étaient résilients, comme on dit.

Trente ans auparavant, avec quelques amis normaliens, nous avions joué, plusieurs dimanches consécutifs, à imaginer une école. Nous sortions de la rue d'Ulm et nous avions tant apprécié nos années d'études que nous voulions en faire profiter d'autres qui n'avaient pas eu notre chance. Le projet n'a pas abouti. J'avais même oublié son existence, jusqu'à ce que je me retrouve au milieu des lauréats de l'institut et que je me rende compte que j'étais en train de le réaliser, sans en avoir conscience.

Jouer au football avec de grands gaillards qui adorent marquer des buts et qui, pourtant, après trois dribbles éblouissants, face au gardien, ont comme réflexe de faire une passe à une joueuse ou un joueur dont on sait d'avance qu'il va rater la balle, cela a quelque chose d'attendrissant. Entendre des jeunes proposer à d'autres de leur transmettre ce qu'ils ont appris en économie ou en droit parce qu'ils pensent que cela peut leur être utile, cela a quelque chose d'émouvant. Ne pas entendre une seule raillerie, une seule plainte, la moindre lamentation, la plus petite marque de lassitude, le moindre soupir blasé, cela devient étonnant.

J'ai repensé à ce jour où le proviseur d'un des lycées privés les plus chic de Paris m'avait appelé à la rescousse. L'établissement, huppé et prisé, était traumatisé. Une sortie collective s'était transformée en drame. Drogue, alcool, abus, chahut, la situation entière leur avait échappé, ces adolescents de bonne famille ayant réussi à donner le pire d'eux-mêmes. Comme punition, ils devaient assister à une journée de conférence sur le thème de l'engagement et je fus, avec Jorge Semprún, l'un des orateurs sollicités. À l'institut, les conférences ne sont pas un pensum, elles seraient plutôt un privilège.

Les ingrédients que nous utilisons n'ont rien de secret, rien de véritablement complexe. Ils sont simples, ils sont relativement peu chers, n'en déplaise à ceux qui tiennent à courte vue les cordons de la bourse.

Déclencher puis valoriser l'engagement. Et ce qui l'accompagne. La confiance, le sens concret de l'intérêt général, la capacité de travailler collectivement, la notion du temps que l'on donne, que l'on prend, que l'on ne perd pas. L'envie de transmettre, de partager, de construire. Le goût d'apprendre, l'existence d'autres rapports que ceux de domination ou d'argent.

J'ai compris de l'institut que nous pouvions bousculer bien des ordres établis. Que des portes pouvaient s'ouvrir. Qu'un autre mode de sélection était possible, sans pour autant réduire le degré d'exigence, sans faire baisser la qualité.

Corriger l'inégalité des chances, compenser des carences – parfois affectives – et jouer simultanément sur tous les registres possibles, au lieu de déchiffrer une partition d'un seul instrument, avec peu de notes. Faire en sorte qu'une bonne partie de ces jeunes puisse rentrer plus souplement, moins douloureusement, dans les écoles les plus classiques, pour y rejoindre ceux qui sont passés par les voies normales. Ils ont peut-être quelque chose en moins mais sûrement quelque chose en plus. Permettre à ceux qui le veulent de réaliser leurs projets les plus décalés, qu'il s'agisse d'improvisation théâtrale, de programmes pour les jeunes handicapés de création d'entreprises *a priori* loufoques.

S'efforcer d'entretenir une solidarité sur le long terme. Utiliser les armes des « autres » – la notion d'appartenance, la force du réseau, le principe d'une culture commune – et les détourner de leur usage classique. Mettre à bas l'esprit de compétition sans baisser le niveau d'ambition. Supprimer la notion de concurrence ou de rivalité sans perdre le désir de progresser. Offrir les signes de reconnaissance sans la déconnecter de la réalité. Utiliser les termes devenus rituels, ceux de lauréat, de promotion, de séminaire, qui permettent de faire en sorte que nos partenaires ne se sentent pas en *terra incognita*.

En créant l'Institut du service civique, en découvrant sa première promotion et en partageant le quotidien, j'ai eu le sentiment de tenir solidement le fil de l'engagement. C'était comme si je traduisais la lettre de mon père. En quelque sorte, je l'appliquais *à la lettre*. L'institut, conçu comme la lettre de celles et ceux qui n'en ont pas reçu à 20 ans, soit parce qu'il n'y avait personne pour leur en envoyer, soit parce qu'il n'y avait pas motif à en écrire une.

Où l'on interrompt une vocation d'orphelin

« C'est l'hiver 1969. Dehors, la neige tombe à grands flocons, il fait glacial mais au Grand Palais, personne ne songe au froid. Pensez donc : un cirque est installé dans la nef. Et pas n'importe quel cirque : le cirque des Muchachos, tout auréolé de ses récents succès en Espagne. Public et personnalités se précipitent pour découvrir l'événement : Alain Delon, Dalí, Adamo, Maurice Chevalier sont présents tandis que *Paris Match* consacre sa une au cirque espagnol. Le clou du spectacle ? Un petit bonhomme de 13 ans, clown extraordinaire, qui attire tous les regards par sa présence et ses mimiques. Un personnage, ce Pancracio.

Son talent n'échappe pas à une petite fille appelée Marie. Pourtant elle est venue là sans grande envie, "le cirque, c'est nul, c'est juste des paillettes". Mais dès la pyramide des Arlequins, qui accueille le public avenue Winston-Churchill, son avis change du tout au tout. Désormais, son cœur battra au rythme de deux passions : le cirque et l'Espagne (ce dont témoignent les murs de sa chambre tapissés de photos !). Alors avec sa sœur, elle vient tous les jours pour voir et revoir le cirque, discuter avec les clowns, s'immerger dans cet univers fascinant. Et ce qui devait arriver arriva, le clown et la petite fille tombèrent amoureux. Après avoir patienté plusieurs années, s'être échangé de nombreuses lettres, fait des allers-retours Paris-Madrid, ils se marièrent et eurent deux enfants… C'était en 1989. Aujourd'hui ils sont très heureux et sont revenus au Grand Palais avec un de leurs fils pour "Jours de fêtes". La boucle est bouclée ! »

Voilà ce que je trouve sur le site Internet du Grand Palais. Ma propre histoire. À l'hiver 1969, je viens d'avoir 6 ans. Ma mère m'emmène au cirque, au Grand Palais. Un cirque d'enfants. Ce sont des enfants orphelins ou abandonnés, recueillis et élevés dans les arts du cirque. Leur spectacle est fascinant. Il n'y a pas d'animaux, mais des pyramides humaines, des acrobaties et une ambiance magique. Ils me semblent à peine plus vieux que moi. Quelle chance ils ont ! Je suis bouleversé. Je rentre du spectacle sans dire un mot. Mais je me mets à dessiner des chapiteaux, des trapézistes et des acrobates, que j'affiche sur les murs de ma chambre. Et puis, un jour, je prends ma décision. Je dois les rejoindre. Je ne suis pas orphelin, malheureusement, et mes parents ne semblent pas prêts à m'abandonner. Il faut donc que je fugue et que je rejoigne ce cirque. Ils ne me refuseront pas. Ils ont l'air si gentils, si accueillants. Pendant plusieurs nuits, j'échafaude mon plan de bataille. Je vide ma petite valise à jouets. J'y mets un slip, une paire de chaussettes et une chemise. Quelques francs qui constituent toute ma richesse. Et je m'en vais. Devant la maison, je croise un ami de mon frère, de dix ans mon aîné. « Martin, où vas-tu comme ça ? – Chut, c'est un secret, je vais rejoindre le cirque des orphelins. » Je franchis la porte du jardin, tourne à droite dans la rue de Martimprey, le long de la voie ferrée, bien décidé à retrouver ce cirque. Il ne faut pas dix minutes pour que l'on me rattrape, au bout de cinq cents mètres. Personne ne m'a grondé. Je n'ai opposé aucune résistance. Dans ma vie, pendant dix minutes, j'ai fugué pour rejoindre le cirque des orphelins.

Où l'on évite de tirer au sort la vie et la mort

L'épidémie de sida sévit depuis une bonne dizaine d'années. La maladie est presque toujours mortelle. Aucun médicament ne semble efficace contre ce nouveau virus pas comme les autres. Un virus de la famille des « rétrovirus », comme celui à l'origine du lymphome de Burkitt, dont le nom m'avait tellement intrigué pendant mes études. L'année 1996 est marquée par l'apparition d'une nouvelle classe de médicaments, les « ARV » ou antirétroviraux. Pour la première fois, les essais cliniques paraissent concluants. Les malades qui peuvent bénéficier de ces médicaments dans le cadre de protocoles expérimentaux semblent voir leur état se stabiliser. Le virus est contenu. Il reste à un niveau très faible dans le sang et la maladie ne progresse pas. Les lymphocytes sont moins atteints que dans l'évolution naturelle de la maladie. L'annonce de ce médicament fait naître un extraordinaire espoir. Malheureusement, il semble impossible de s'approvisionner en quantité suffisante. La France ne pourrait acheter qu'un nombre très limité de doses. Quelques dizaines peut-être. Comment faire ? Ils sont des milliers à avoir besoin du médicament. En l'absence de traitement, c'est la mort programmée. Les autorités sanitaires sont désemparées. Un débat fait rage. Qui pourra bénéficier du médicament ? Le

Conseil national du sida et le Comité consultatif national d'éthique sont saisis. Ils proposent un tirage au sort pour désigner ceux qui auront accès au médicament.

Je suis alors directeur de la Pharmacie centrale des hôpitaux à l'Assistance publique-Hôpitaux de Paris. Le pire panier de crabes. Un lieu nauséabond où je découvre chaque jour de nouvelles fantaisies touchant aux marchés publics, à la comptabilité et même à la législation pharmaceutique. Un soir la directrice des achats monte me voir. Je n'ai absolument pas confiance en elle, mais elle est redoutable. Une femme qui fait trembler tout le monde. Elle connaît l'industrie pharmaceutique sur le bout des doigts. Elle travaille seule, en terrorisant ses collaborateurs et ses patrons. Cela fait vingt ans qu'elle est indéboulonnable, au mépris de toutes les règles en vigueur en matière d'achats publics : afin d'éviter des connivences malsaines et le risque de favoritisme, on essaie en général de ne pas laisser plus de cinq ans au même poste un directeur des achats. Mais celle-ci est tellement pointue que personne n'ose la remplacer. Elle passe la journée dans son bureau à recevoir les patrons de l'industrie pharmaceutique avec son énorme berger allemand tapi dans un coin. Il faut dire qu'elle est la plus grosse acheteuse de médicaments de France et probablement même d'Europe, puisque, quand elle passe une commande, c'est pour l'ensemble des hôpitaux de l'Assistance publique.

Ce soir-là, elle entre directement dans le vif du sujet :

– Monsieur le directeur, j'ai appelé aux États-Unis les laboratoires qui produisent les antirétroviraux. Si nous passons une commande ferme, ils sont prêts à nous fournir dix mille traitements tout de suite.

– Dix mille ? Mais cela serait suffisant pour soigner tous les patients.

– Absolument.

Je suis abasourdi. Au moment où le ministre de la Santé est en difficulté, où les journaux font leurs unes sur ce dilemme éthique, façon choix de Sophie, cette femme m'affirme que, d'un simple fax envoyé aux États-Unis, on peut régler ce problème. Je lui fais répéter, lui demande de m'expliquer.

– L'industrie pharmaceutique dispose d'un certain nombre de traitements. Tous les pays industrialisés en ont besoin. Il faudra plusieurs mois pour satisfaire la demande. Mais ce sont aussi des commerçants. Alors, si on passe une commande ferme, nous serons servis les premiers, avant les autres pays.

– Une commande ferme qui engage quelle somme ?

– Il faudrait débloquer environ trois cents millions.

– Trois cents millions ?

– Oui, c'est le meilleur prix que l'on peut obtenir et nos marges de négociation sont nulles.

Quel curieux univers ! Quand j'ai été nommé à ce poste, le patron d'un laboratoire est venu me dire que son avion personnel était à ma disposition. Un simple coup de fil et je pouvais en disposer à ma guise. Je l'ai envoyé paître. Un autre, au moment de la négociation d'un gros marché, m'a demandé si j'étais intéressé par un don, pour la cause de mon choix, qu'il pouvait me verser sur un compte en banque. Il me suffisait de lui en donner le numéro, sans autre justificatif. C'est ce qui s'appelle une proposition de corruption. Mais une grosse commande, ce n'était jamais trois cents millions d'un coup.

– Trois cents millions ! Mais c'est beaucoup, dis-je bêtement.

– Demain, il sera trop tard.

J'hésite quelques minutes, et j'appelle le directeur général des Hôpitaux de Paris.

– J'ai besoin de vous voir en urgence à propos du sida. Il faut que vous me réunissiez tout de suite les principaux pontes.

À 21 heures, nous sommes dans son bureau. Il y a Michel Kazatchkine, qui deviendra plus tard le président du Fonds mondial contre le sida ; Philippe Duneton, qui deviendra responsable d'Unitaid ; Jean-François Delfraissy, qui deviendra patron de l'Agence nationale de recherches sur le sida et Willy Rozembaum, l'un des découvreurs du virus. Nous discutons deux bonnes heures. C'est une décision lourde à prendre, qui conduit à court-circuiter toutes les procédures habituelles. À 23 heures, elle est prise. À 23 h 05, le fax de commande part aux États-Unis. C'est ainsi qu'il n'y aura jamais à procéder au moindre tirage au sort. Quelques semaines plus tard, les traitements commencent. C'est la voie ouverte à la trithérapie, qui va changer le destin de dizaine de milliers de malades en France, de millions de malades à travers le monde…

Un an plus tard, je me retrouve directeur de cabinet de Bernard Kouchner, secrétaire d'État à la Santé du gouvernement Jospin, dans un régime de cohabitation. Bernard Kouchner doit se rendre à la conférence mondiale sur le sida qui se tient à Abidjan. Nous lui préparons un discours. Nous nous appliquons à y rappeler l'historique de la maladie, à montrer son épouvantable extension, à énoncer les chiffres de l'épidémie galopante dans les pays du Sud. Nous évoquons les espoirs de la recherche, l'importance de la prévention. Tout cela est bien classique. Le ministre demande à voir son discours avant de partir. Il est à son domicile. Je le lui fais passer par fax. Quelques heures plus tard, le fax sonne. Le projet de discours me revient avec quelques corrections mineures et un paragraphe entier supplémentaire. « La France propose la création d'un Fonds de solidarité thérapeutique international. Il est intolérable que les malades soient au Sud et les médicaments au Nord. Nous prendrons l'initiative de fournir les médicaments à des prix accessibles aux pays africains et autres pays en voie de développement atteints par la maladie. La France obtiendra de l'industrie pharmaceutique des prix plus faibles et participera à un fonds international pour financer l'accès aux médicaments. » Je lis ce paragraphe et j'appelle aussitôt Bernard Kouchner :

– J'ai vu ce que tu proposes de rajouter. C'est sympathique, mais c'est impossible. C'est un rêve.

– Non, ce n'est pas un rêve. C'est ce qu'il faut faire.

– Peut-être, mais on ne peut pas lancer cela comme ça. En plus tu pars ce soir, cela n'a pas été vu par Matignon.

– Matignon, on s'en fout, de toute façon ils seront contre. Ils n'y comprennent rien.

– Certes, mais je vais quand même les appeler pour les prévenir et pour obtenir leur accord.

– Pas question.

– Bon, ben, je vais nuancer le paragraphe.

– Je te l'interdis. C'est moi le ministre.

– Écoute, c'est toi le ministre, mais je t'aurais prévenu.

– Je t'en remercie, mais je sais ce que je fais. Le président de la République sera là. Je le convaincrai. Il me soutiendra.

J'ajoute donc le paragraphe, la mort dans l'âme. Décidément, ce ministre est vraiment incontrôlable. Pourquoi pas une Sécurité sociale mondiale, pendant qu'on y est ? Je me dis qu'on va se faire engueuler, que ce sera un discours pour rien, qu'il va se rendre ridicule. Mais, après tout, il a raison, c'est bien lui le ministre.

Le 4 décembre 1997, se tient la conférence d'Abidjan. Bernard Kouchner puis Jacques Chirac annoncent la création d'un Fonds de solidarité thérapeutique international contre le sida. Le sujet sera à l'ordre du jour du G8 à Birmingham quelques mois plus tard. L'idée fait son chemin. Les différents pays se rallient. C'est ainsi que commence à se construire le Fonds mondial de lutte contre le sida, à se mettre en place la mobilisation des grandes fondations comme la fondation Gates, Unitaid. La centrale d'achat de médicaments contre le sida voit le jour, de même que la taxe sur les billets d'avion. Bernard Kouchner se mobilise sans relâche. Il commence avec plusieurs pays, dont le Maroc. Il reçoit tous les patrons de l'industrie pharmaceutique. Il a eu une intuition fulgurante. Il a osé. J'avais parfaitement tort de vouloir le raisonner comme un « techno ». En ce début décembre, je vois naître une idée qui va changer le sort de millions de personnes à travers le monde, par la volonté d'un secrétaire d'État que la classe politique ne voulait pas prendre au sérieux… et moi, son plus proche collaborateur, non plus.

Où, parfois, seul le silence est grand

La salle n'a pas été créée pour les concerts. C'est un amphithéâtre au sein d'une école de commerce installée dans une ville nouvelle. L'Essec, à Cergy-Pontoise. Nous sommes au début des années 1970 et le décor est contemporain. La moquette est orange et les sièges bruns, si ce n'est l'inverse, avec les accoudoirs en plastique blanc. Nous ne sommes pas là pour entendre un cours sur le marketing ou sur la finance. Mais un quatuor. Le quatuor Loewenguth. Alfred est au violon, Roger au violoncelle. Les deux frères inséparables. Alfred ressemble un peu à Charlie Chaplin, avec sa moustache blanche, son sourire, ses yeux extraordinairement pétillants. Alfred et Roger, je les découvre ce jour-là. J'en ai tant entendu parler. Car Alfred a créé les orchestres qui portent son nom. Combien de fois n'ai-je pas envié mes frères, mes cousins quand ils expliquaient avec un air important que le dimanche ils allaient « chez Loewenguth » ?

Il est en face de moi, maintenant, le fameux Alfred Loewenguth. Avec sa moustache blanche, son violon et ses trois acolytes. Le quatuor s'installe. Mais avant de lever son archet, Alfred prend la parole : « Nous allons jouer *La Jeune Fille et la Mort* de Franz Schubert. *Der Todt und das Mädchen*. Un jour, là où nous l'avons joué, par une erreur de traduction, ce lied avait été intitulé *La Jeune Fille et le Mort*. Ce n'est pas la même chose. » La salle éclate de rire, sauf moi qui ne comprends pas. Mon père m'explique. En allemand, « *Todt* », qui veut dire « mort », est un mot masculin. *La Jeune Fille et le Mort*, c'est une jeune fille qui serait avec un cadavre. *La Jeune Fille et la Mort*, c'est une jeune fille poursuivie par la Mort. Je ne saisis toujours pas la subtilité, mais les quatre musiciens ont attaqué le premier mouvement. Magique. Je n'ai plus d'yeux pour Alfred mais pour Roger. Je viens de commencer le violoncelle. J'arrive à grand-peine à faire des cordes à vide. Et, ce soir-là, j'entends le son grave d'un instrument qui vibre. Qui joue la Mort ou le Mort, je ne sais plus. Mais qui me possède entièrement.

Écoutez *La Jeune Fille et la Mort*. Et vous comprendrez cette émotion. Écoutez-la cent fois, mille fois. Arrêtez-vous sur le mouvement lent. La mélodie ne fait intervenir que trois notes. Et avec trois notes, la mort rôde. Le tragique s'installe. Un tragique harmonieux, un tragique mélodieux. Continuez. Le mouvement suivant s'emballe. C'est la cavalcade. La jeune fille est emmenée vers la Mort, sur un cheval au galop. Chaque instrument se relaie pour jouer cette course folle. Jusqu'à la mort finale. Je ne pourrais pas vivre sans *La Jeune Fille et la Mort*.

Ce jour-là, j'ai décidé qu'à mon tour j'irai « chez Loewenguth ». Et je travaille d'arrache-pied pour y parvenir.

C'est ainsi que, quelques années plus tard, je me retrouve à Cimiez, sur les hauteurs de Nice. Un immense domaine. Une grande maison qui s'apparente à un château avec un gigantesque parc. Des palmiers, des pins, presque une forêt qui surplombe la ville. Et des notes qui jaillissent de derrière chaque buisson. En ce mois de juillet, la colonie Loewenguth y a pris ses quartiers d'été. Nous sommes certainement une centaine, répartie en plusieurs orchestres. Musique obligatoire. Trois par chambre. Mes deux compagnons sont violonistes. Alain et Clément. Moi qui étais bon élève, appliqué, me voilà dépassé. Je n'avais jamais travaillé plus d'une heure mon violoncelle chaque jour. Ici, en dessous de huit heures quotidiennes de pratique, point de salut. Même pas la peine d'y penser.

Ce sont de véritables stakhanovistes. Alain habite à Saint-Cloud. En dehors du violon, il a une passion : le château de Saint-Cloud, détruit. Un objectif dans la vie : le reconstruire en maquette avec un système ingénieux pour reconstituer les jets d'eau. Il nous a montré les plans sur lesquels il travaille le soir, méthodiquement, comme un architecte. Il fait la robinetterie. Il trace le contour des fenêtres.

Au retour, je m'achèterai une planche, des petits arbres, de bouts de tuyaux en plastique, du matériel de bricolage. Je veux faire mon château à moi. Je colle des trucs verts en mousse pour faire l'herbe. J'essaie d'installer une pompe pour les jets d'eau. Le résultat est pitoyable. L'immense planche a dû rester deux ou trois ans au-dessus de l'armoire de ma chambre, avant d'être jetée lors d'un déménagement.

Le soir, Alain raconte ses amours imaginaires avec une fille des îles, baptisée Chouca, comme l'oiseau des Alpes. On se prend à y croire. Clément, lui, lorsqu'il a fini ses huit heures de violon, ne se plonge pas dans les bandes dessinées, ni dans le bricolage. Il prend une feuille de papier et un crayon et s'invente des exercices de maths, dans lesquels il s'immerge sans que rien ne puisse l'en distraire. J'ai l'impression, à côté d'eux, d'être un piètre amateur, un dilettante, sans don et sans passion.

Je retrouverai Clément par hasard, quinze ans plus tard, dans le réfectoire de l'École normale supérieure où nous deviendrons élèves tous les deux. Je m'installerai en face de lui, au petit-déjeuner. « Tu n'étais pas chez Loewenguth en 1974 ? », il en laissera tomber sa tartine dans le bol. Pour une fois, c'est moi qui le surprendrai.

Pendant cette colonie musicale, nous jouons seul, en musique de chambre et en orchestre. Le clou, c'est un concert dans le magnifique cloître de Cimiez. Un lieu magique. Il a fallu mettre des socquettes, une chemise blanche et un pantalon noir. Je joue la *Symphonie des jouets*, attribuée à l'époque à Romberg. Aujourd'hui on pense que c'est Haydn qui l'a écrite. Elle comporte un mouvement où les violoncelles jouent en bloc, avec, entre-temps, des silences magistraux. Je me trompe de tempo et, au milieu du silence, fais résonner mon violoncelle avec toute la force que je peux donner, dans un parfait contretemps. Je suis fusillé du regard par le chef, Alfred, qui fait recommencer le mouvement à tout l'orchestre, par ma faute. J'aimerais être cinq cents mètres sous terre. Le concert se termine par le concerto de Bach pour deux violons. Ce sont les grands qui jouent. Alfred Loewenguth joue le premier violon et une élève le deuxième violon. Elle s'appelle Hélène Lequeux et elle interprète merveilleusement le morceau. Hélène Lequeux est devenue depuis une brillante violoniste professionnelle et, moi, je ne peux plus me passer du double concerto de Bach. Je vous conseille de l'écouter en boucle.

Où, parfois, seul le silence est possible

On s'y prépare longuement. Il faut faire son sac. Il y a ceux qui maîtrisent l'art de la légèreté. Leur paquetage paraît toujours moins lourd que le vôtre. Le vôtre… on ne comprend pas pourquoi il pèse plus. Mais, finalement, ce n'est pas si mal qu'il écrase les épaules. Qu'il se rappelle à chaque pas à votre bon souvenir. Atteindre le refuge, cela se mérite.

On se réjouit de tout ce à quoi on pourra penser pendant la montée. Plusieurs heures privilégiées où l'on ne peut ni lire, ni téléphoner, ni taper sur un clavier d'ordinateur ni même parler. Car chaque parole essouffle. Mieux vaut s'économiser et se contenter de répondre par monosyllabes aux salutations de ceux que l'on croise.

Le paysage ne change que très lentement, au rythme de notre propre élévation. Trois cents mètres de dénivelée par heure. Et trois ou quatre heures à penser. C'est si rare. On se dit qu'on pourra échafauder son programme de rentrée, construire le plan d'un livre, monter des projets, résoudre des questions lancinantes. On s'en fait une fête. On se charge la tête de sujets, comme on remplit une valise de livres. On fait sa liste. Et puis la montée commence. Un pas après l'autre. À son rythme, seul moyen de ne pas s'épuiser. En posant le pied soigneusement à plat. En évitant les cailloux qui roulent sous la chaussure. En sentant le sac, décidément bien lourd, vous cisailler les épaules. Et la réflexion bute sur chaque pas. Car la même pensée monopolise votre esprit, comme si l'intensité de l'effort la gardait prisonnière dans la cage de votre cerveau. On se concentre sur son effort et on se disperse dans une seule pensée. Alors que le corps s'élève, lacet après lacet, l'esprit ne fait que du surplace. Comme si la mobilité de l'un entraînait l'inertie de l'autre. On s'arrête parfois pour estimer le nombre de mètres dont on s'est élevé, la dénivelée qu'il reste à grimper. Encore six cents mètres. Encore deux heures, donc, en tête-à-tête avec la même pensée circulaire, délicieusement envahissante, qui abolit la solitude, qui rend captivant le geste répétitif du pied qui se lève pour faire un pas supplémentaire, et musical, le bruit d'une gourde en métal qui tinte dans le sac ou d'une pointe de piolet qui cogne les dents des crampons. Les pas s'enchaînent et jamais on ne s'ennuie, envoûté par cette amorce de pensée qui fait obstruction à toute autre. Et quand on arrive, on n'a de cesse d'entamer la prochaine montée pour songer à autre chose. On échafaude un autre programme, qu'on ne remplira pas.

Comme tout le monde, on rêve de faire le mont Blanc. Mon ami Christophe et moi partageons cette envie. Nous avons une vingtaine d'années. Nous en faisons l'objectif de l'été. Nous l'avons vu sous toutes les coutures, mais nous ne l'avons encore jamais gravi. Nous avons entendu ou lu tous les récits s'y rapportant. Comme celui de Frison-Roche, dans *La Grande Crevasse*. Le guide, Zian, Chamoniard mal dégrossi, y emmène sa cliente, Brigitte, une Parisienne distinguée. La tempête se lève. Le brouillard tombe. Les pas s'effacent. La boussole se dérègle. Zian a beau avoir gravi le mont Blanc une cinquantaine de fois, il est perdu. Ils marchent des heures dans le désert blanc. Il ne leur reste plus une goutte d'eau, il faut sucer de la neige. Et puis, soudainement, une masse sombre. C'est la cabane Vallot. Cet abri à quatre mille quatre cents mètres d'altitude qui a jadis servi aux astronomes – c'était le point le plus élevé pour les étoiles. Pour les alpinistes perdus, il fait office de refuge de secours. Zian et Brigitte sont sauvés. Ils échangent là leur premier baiser. « Leurs mèches givrées se mélangent », écrit Frison-roche, phrase que j'ai toujours considérée comme la plus érotique de toute la littérature.

Le mont Blanc offre une ascension facile, sauf quand ça se passe mal. Une course sans histoire, sauf quand le mauvais temps s'en mêle. Christophe et moi ne voulons pas prendre de guide. Nous voulons le faire seuls. Nous sommes entraînés. Nous avons enchaîné les courses de préparation. Nous n'avons pas de place au refuge du Goûter, pris d'assaut. Il nous faut dormir dehors, sous l'auvent, en clandestins. Dormir est d'ailleurs un grand mot. Nous quittons le refuge avant minuit et nous marchons sans nous arrêter. La nuit est épaisse mais un peu de lune, quelques étoiles et leur reflet sur la neige nous dispensent de lampe frontale. Les crampons mordent bien la surface gelée du sol. Il faut franchir les ressauts de l'arête des bosses. Nous ne sentons pas trop l'altitude et, tout à coup, la trace ne monte plus. Il n'y a rien au-dessus. Nous avons atteint le sommet. Il est 3 heures et demie du matin. Nous sommes seuls sur le toit de l'Europe. Reste à attendre le lever du soleil pour en jouir. Mais il fait glacial. Le soleil lambine. Il y a bien une vague lueur au-dessus du Cervin, là-bas, mais elle met un temps fou à grandir et ne dissipe pas le froid. Nous tapons des pieds, agitons les bras, sautons sur place. Cela fait une heure que nous sommes à quatre mille huit cents mètres d'altitude. Nous n'avons pas le courage d'attendre. Nous serions gelés avant le jour. Nous entamons donc la descente de l'autre côté, par la traversée du mont Maudit et du mont Blanc du Tacul. Dans le petit matin, les alpinistes que nous croisons, partis à une heure normale, pensent que nous avons abandonné avant le sommet. Nous sommes à Chamonix pour le petit-déjeuner, amusés du tour que nous a joué le mont Blanc, conquis en pleine nuit, sans que nous puissions le voir, sans qu'il puisse nous retenir.

Où l'on préfère (déjà) être commissaire à ministre

Étienne Hirsch. Un mot de ce grand-père que je n'ai finalement pas vraiment présenté. Il fait partie de cette poignée d'engagés partis dès le 18 juin pour Londres. « J'ai encaissé comme un coup au cœur le discours du maréchal Pétain qui annonçait qu'il fallait cesser le combat. Jamais je n'aurais imaginé que la France pouvait en arriver là. Ce qui m'a sorti de ma torpeur et de mon désespoir, cela a été l'appel du général de Gaulle que j'ai été un des rares à entendre le 18 juin. Dans un élan irrésistible, j'ai décidé immédiatement de partir le rejoindre. » Là-bas, sous le nom de commandant Bernard, il est chargé du ravitaillement dans la perspective du débarquement. Il ne reverra les siens que mille cinq cent quatre-vingt-deux jours plus tard, en octobre 1944. Entre-temps, il fait la connaissance de Jean Monnet, dont il deviendra l'adjoint puis le successeur comme commissaire au plan, et qui disait de lui dans ses mémoires : « Étienne Hirsch qui, sous le nom de commandant Bernard, avait déjà la réputation de dominer et de simplifier les problèmes les plus complexes. Sa formation d'ingénieur l'y prédisposait. Mais je crois que c'est surtout sa force morale, son calme légendaire qui parvenaient à dissoudre, en quelque sorte, ces problèmes qu'on dit à tort techniques et qui sont en réalité gouvernés par le bon sens. »

Il fut aussi l'un des quatre rédacteurs de la déclaration Schuman, à l'origine de la création de l'Europe. Commissaire général au plan pendant douze ans, il fut nommé ensuite président de l'Euratom jusqu'à ce que de Gaulle obtienne sa tête, lui reprochant ses conceptions fédéralistes et sa volonté de partager l'atome avec les alliés européens. Mais il était aussi capable de gravir le mont Blanc à pied depuis la vallée de Chamonix, à l'époque où il n'y avait pas de téléphérique, et de continuer à gravir des sommets rocheux à 70 ans, autant que de jouer les quatuors de Beethoven au violon et de s'amuser avec ses petits-enfants, comme s'ils étaient le centre du monde.

Il ponctuait ses phrases de multiples « n'est-ce pas ? », en rythme avec les bouffées de sa pipe, remplie au petit-gris, qui provoquaient parfois des quintes de toux. Il souriait avec les yeux.

Nous étions tous fiers qu'il ait refusé d'être le ministre des Finances de De Gaulle en 1958. Sa nomination avait été annoncée à la radio. Mon grand-père avait eu le cran de dire non. Il trouvait que le général avait pris le pouvoir par effraction, par un coup d'état qu'il ne voulait pas cautionner. Nous trouvions cela admirable, et en même temps je le regrettais. Cela aurait été tellement chic d'être le petit-fils du premier ministre des Finances de la Cinquième République !

Mon grand-père racontait parfois la manière dont de Gaulle l'avait renvoyé de la présidence de l'Euratom, après un échange âpre :

– Ce qui est vital, n'est-ce pas, dans le monde actuel, c'est une véritable union. N'est-il pas vital pour nous tous, y compris pour l'Allemagne, de sceller définitivement son destin au nôtre et de l'intégrer dans cette Europe de l'Ouest, ce qui était, et pas autre chose, le but final des traités européens ?

– Nous ne pouvons pas aller contre la nature des choses.

– Votre fatalisme m'effraie et me consterne.

– Jamais un gouvernement ne laissera à d'autres le soin de décider pour lui lorsqu'il s'agit de décisions vitales.

Au conseil des ministres suivant cet entretien, le général de Gaulle faisait part de sa décision de ne pas renouveler le mandat d'Étienne Hirsch à la présidence de l'Euratom.

Mon grand-père, c'est aussi celui qui transmettait à ses enfants et à ses petits-enfants deux virus pour lui indissociables : la montagne et la musique. Il n'y avait point de salut hors de ses deux passions. Avec lui on jouait de la musique, avec lui on grimpait les montagnes. Archet et piolet. Colophane et crampons. Cordes de violoncelle et cordes de montagne. Quatuor de Beethoven et sommets de l'Oisans. Tout le reste en découlait. Donner de ses nouvelles, c'était indiquer quelles courses on avait faites et quel morceau on travaillait. Si on projetait un stage d'orchestre ou un séjour avec le club alpin français tout allait bien.

Il habitait une immense maison dans les hauts de Sèvres. Cette maison avait été la résidence d'été de ses parents, qui habitaient boulevard Pereire. Elle avait vu passer quatre générations de Hirsch. À chaque génération, il avait fallu en amputer un morceau pour qu'elle reste dans la famille. Un morceau d'un gigantesque jardin, qui, à la génération précédente, incluait un tennis. Il restait les framboisiers, les groseilliers à maquereau, le magnolia, les immenses châtaigniers, le mûrier, même s'il était mal au point après avoir pris la foudre, et le figuier planté après la guerre, au moment où la maison avait été reprise aux Allemands qui l'avaient occupée et y avaient fait stationner un avion, paraît-il. On y jouait de la musique de chambre, on escaladait chaque façade de la maison, on s'y réunissait, on y fêtait les anniversaires, on y goûtait, on y jouait au ping-pong, on y parlait montagne et politique.

Mon grand-père avait toujours été socialiste. Jeune élève à l'école des mines, dans les années 1920, il militait dans une section dont le secrétaire s'appelait Marcel Déat, qui avait déjà « l'esprit faussé ». Et dans les années 1960, mon grand-père faisait partie du contre-gouvernement, ce *shadow cabinet* que Mitterrand avait copié sur les Anglais pour montrer qu'il était capable de gouverner. Dans son petit répertoire, j'ai retrouvé, à la lettre M, François Mitterrand, 4 rue Guynemer, avec son numéro : « LIT 32 16 », aux côtés de Jean Monnet et de Guy Mollet.

Mon grand-père avait un don pour déboulonner les idoles. Ou du moins ceux, qui, à ses yeux, avaient trahi ses idéaux européens. De Gaulle, mais aussi Mendès France pour ne pas avoir fait passer la communauté européenne de défense. « Il a voulu sauver son gouvernement, qu'il n'a pas fait voter, alors que, sous la Quatrième, les ministres pouvaient le faire », me répétait-il, encore sous le coup de la colère quarante ans plus tard. Il fustigeait également Giscard, qui avait ouvert grand les portes de l'Europe à des pays qui n'auraient selon lui pas dû y entrer, notamment la Grèce. Et ces commissaires européens, qui s'occupaient des détails en négligeant l'essentiel. « Le jour où l'Europe fera une directive sur le chocolat, l'Europe sera fichue », disait-il avec inquiétude. J'ai un jour répété cette prophétie, en déjeunant avec le commissaire Bolkestein. Celui-ci venait de mettre au point une directive sur le chocolat. L'allusion gâcha le reste du déjeuner. Mon grand-père avait bien raison.

Il est évident que c'est grâce à lui qu'à défaut d'avoir le cran de refuser, j'ai choisi cette appellation de haut commissaire en entrant dans le gouvernement. Un hommage, un clin d'œil à celui qui, commissaire au plan, faisait sursauter le général de Gaulle, et qui avait refusé d'être son ministre. Dans *Ainsi va la vie*, j'aime la manière dont il le résume.

« Quelles ont été mes motivations ? L'argent ? Pas au-delà d'une vie sans fastes. Quand, après la guerre, j'ai choisi le service public, j'ai accepté délibérément, avec l'accord sans réserve de ma femme, de gagner trois fois, sinon dix fois moins qu'en reprenant ma carrière dans l'industrie. Les honneurs ? Ma première décoration a été pour moi une épreuve cruelle. Je n'ai songé qu'à la touchante et immense joie qu'aurait eue ma mère, morte en déportation trois ans auparavant. Le pouvoir ? Je n'ai jamais souhaité rien de plus que d'être en position d'apporter ma contribution, de faire prévaloir mes idées, lorsque j'en avais, sans pour autant vouloir en tirer un bénéfice matériel ou de prestige. Peu m'importait que d'autres s'en emparent, pourvu qu'ils les fassent progresser. Je n'ai jamais rien fait pour obtenir une place. Dans mes premières occupations, comme chercheur dans un laboratoire modeste, tout ce que je désirais était d'en devenir peut-être un jour le chef. Mon ambition a toujours consisté à avoir un travail qui me passionne, qui me paraisse utile et qui se fasse dans un milieu sympathique où règne la confiance mutuelle et non la jalousie et l'envie. Mon caractère naïf aidant, j'ai toujours eu le sentiment, fort ridicule j'en conviens maintenant, que ce que je faisais, même dans mon modeste travail de laboratoire, était la chose la plus importante au monde. J'ai eu la chance d'avoir, sans exception, des chefs, des collègues et des collaborateurs avec lesquels je sympathisais, et parmi eux quelques hommes d'une qualité exceptionnelle, tels que Raymond Berr et Jean Monnet, qui m'ont apporté un enrichissement dont je leur serai reconnaissant jusqu'à ma mort. Enfin, j'ai toujours pu exprimer mes idées et je n'ai jamais eu à suivre des instructions auxquelles je n'adhérais pas. »

Où il est question de cervelles inopportunes

À l'été 1982, qui faisait suite à ma première année de médecine, je me retrouvai dans le service de neurochirurgie de Sainte-Anne. J'y étais agent hospitalier. Je faisais le ménage, je servais les repas. Je faisais les lits. Parfois, je remplaçais l'aide-soignante. Je prenais les températures des malades. Service du professeur Mazars. Gabriel Mazars. Très réputé. Un jour où j'ai apporté les plateaux-repas, il y avait au menu de la cervelle. Une jolie petite cervelle d'agneau dans une barquette en plastique. Les premiers malades servis ont fait la grimace. Ils avaient tous, qui une tumeur au cerveau, qui une trépanation, qui un accident vasculaire cérébral. On avait farfouillé dans leur cerveau, et parfois ôté un bout. J'ai repris mes plateaux et remballé mes cervelles. J'ai terminé ma tournée des chambres avec un plateau sans l'entrée. C'était moins cruel.

Une nuit, le service était de « grande garde ». Cela signifie que tous les accidentés les plus graves étaient orientés vers Sainte-Anne, pour l'ensemble de la région parisienne. Comme si chaque hôpital se partageait les nuits maudites. Tous les blocs opératoires étaient ouverts. Tout cerveau abîmé avait vocation à arriver dans le service. Tous les chirurgiens étaient sur le pont.

L'ensemble du personnel était requis. Cette nuit était en effet maléfique. Un acteur avait mis fin à ses jours. Patrick Dewaere. Célèbre depuis *Les Valseuses*. Je découvris alors que le suicide fonctionne par épidémies. Qu'un personnage connu et aimé se suicide, et c'est une vague qui déferle. Ils furent quatre ou cinq cette nuit-là. Dont le frère d'une actrice célébrissime. Comme Dewaere, il avait utilisé une arme à feu. Mais au lieu de l'introduire dans sa bouche, il l'avait dirigée sur sa tempe. Il était arrivé encore conscient. Mon rôle était de le brancarder. Il était capable de parler. Les seuls mots qui sortaient de sa bouche étaient pathétiques : « Achevez-moi, je veux mourir. » J'avais l'impression d'être le seul à les entendre. Les médecins me disaient de me dépêcher, donnaient des ordres. Il fallait telle analyse, telle radio, tel examen, vérifier la disponibilité du bloc. Je ne comprenais pas leur insensibilité à ce désarroi. C'était qu'on l'aide à mourir dont il avait besoin, pas qu'on extraie la balle qu'il s'était fichée dans le crâne. J'osai enfin protester : « Mais vous n'entendez pas sa demande ? Vous n'écoutez pas sa plainte ? – T'occupe, accélère. » Je n'étais que l'exécutant. J'exécutai donc, n'en pensant pas moins. La balle fut extraite. À cette occasion, j'appris qu'il est déconseillé de mettre fin à ses jours d'une balle dans la tempe. Ce qui est vrai dans les films ne l'est pas dans la vraie vie, ou plus exactement la vraie mort. La boîte crânienne y est épaisse, un bon demi-centimètre, ce qui ralentit et dévie la trajectoire de la balle. Plus de risque de voir le nerf optique sectionné que de mourir. Le frère sortit du bloc avec un cerveau sans séquelle et un bandage sur toute la tête. On ne voyait qu'une partie du visage, dont les yeux, aussi troublants que ceux de l'actrice. Nous sympathisâmes. Il m'expliqua ses blessures narcissiques, ses amours homosexuelles, le dédain de sa sœur (qui au lieu de lui rendre visite fit livrer une gigantesque et coûteuse corbeille de friandises de chez Fauchon), l'argent, les boîtes de nuit. À la sortie, il me proposa de l'accompagner quand je voulais dans une des plus célèbres boîtes parisiennes. J'aurais bien voulu, mais je ne le fis pas. Quelques années après j'appris que l'actrice interrompait pendant deux jours un tournage pour enterrer son frère, mort brutalement. Il avait probablement appris à contourner plus efficacement l'os frontal ou temporal.

C'est cet été-là, à Sainte-Anne, que je vis mon premier mort. Depuis longtemps je m'en faisais une montagne. J'attendais cette rencontre avec impatience et appréhension. J'étais admiratif à l'égard de ceux qui avaient connu des morts dans leur entourage, ce qui n'était pas encore mon cas.

Je compris plus tard qu'il n'y a pas d'âge pour faire l'apprentissage du deuil.

J'attendais donc cette rencontre. Elle intervint un après-midi durant lequel je passais la serpillière. Le patient de la chambre 112 décéda. Et tout alla de travers. La chambre était attendue pour un autre malade. Il ne fallait pas que l'un croisât l'autre. Nous entreposâmes le cadavre dans la petite pièce de repos du personnel. À côté de la machine à café, de la télévision et des revues lestes. Le temps de mettre des draps propres et de faire entrer le nouveau patient de la 112. Puis, il fallut apporter le cadavre au caveau de l'hôpital. Sainte-Anne est un grand hôpital pavillonnaire. Les pavillons sont séparés par des allées, pas toujours en bon état. Certaines sont en pavés irréguliers. La morgue est, comme il se doit, dans le bâtiment le plus éloigné. Avec un jeune collègue, nous voilà à brancarder notre premier mort. Au début, nous nous appliquions, puis, au bout de deux cents mètres, nous n'y tenions plus. Nous pilotions notre charriot funéraire comme une voiture de course. Nous courions derrière notre bolide, lui faisant prendre des virages serrés. Et soudain, ce fut la chute. Le charriot versa, le cadavre tomba dans le fossé. Une jambe sortit de sous le drap. Heureusement, il n'y avait personne dans les parages. Nous fûmes pris d'un immense éclat de rire libérateur tandis que nous soulevions ce mort qui semblait peser une tonne, que nous l'installions à nouveau sur le brancard, reprenant notre souffle pour arriver dignement à la morgue et effectuer notre livraison. Sur le trajet du retour nous n'avions pas échangé un mot. Nous avions exorcisé notre premier mort, qui finalement allait parvenir à bon port, présentable. J'espère qu'il ne nous en a pas voulu. C'était la tension nerveuse.

J'ai vu ensuite des morts inconnus et des morts familiers. J'ai fermé des yeux. J'ai assisté à des derniers souffles. Je suis allé rendre visite à mon grand-père, à l'hôpital, que j'ai découvert mort dans son lit. On n'avait pas eu le temps de me prévenir qu'il avait cessé de vivre quelques courts instants auparavant.

J'ai du mal à expliquer précisément mon attirance pour la médecine, dont je ne peux tenir Jean Bernard comme seul responsable.

C'était certainement le mélange de deux raisons. La première, c'était l'envie naïve d'emprunter le chemin le plus court et le plus sûr pour sauver des vies et alléger des souffrances, seul objectif qui me semblait digne d'intérêt. Je ne savais que confusément comment on procédait mais j'avais l'impression que l'on pouvait avoir la certitude du sens. Médecin, cela offrait la garantie d'avoir une existence qui se justifie d'elle-même. La seconde raison était que j'imaginais suivre un itinéraire menant aux secrets du cerveau. J'avais au hasard des fouilles dans la bibliothèque de mon frère trouvé *Psychopathologie de la vie quotidienne*, dans la petite collection de chez Payot qui publiait Freud. J'avais été fasciné par les raisonnements de l'inventeur de la psychanalyse et dévoré tous les ouvrages disponibles. Il n'y avait plus de question à se poser : ma vocation était de devenir analyste et de m'engager à découvrir les mystères de l'interaction entre l'âme et le cerveau. Le mieux était de faire comme Freud : devenir médecin, être psychiatre. Voulant mettre les bouchées doubles, je me retrouvai à étudier la neurobiologie, à préparer un diplôme de psychopathologie et à poursuivre mes études de médecine, tout en dépensant mes salaires à me faire analyser par un disciple de Lacan.

Comment arrêtai-je tout cela ? Je dispose de plusieurs versions qui, mises bout à bout, établissent un semblant de vérité. Je me souviens ainsi d'une erreur de diagnostic dans le service de cardiologie du professeur Degeorges, à Cochin. Une femme, qui y était hospitalisée, avait un gros ventre. On me demanda de l'examiner et de poser un diagnostic. Je pris en compte le contexte – un service de cardiologie réputé – pour faire un raisonnement, que je pensais savant, avant de délivrer mon verdict : une insuffisance ventriculaire droite, déclenchant une hypertension portale, elle-même à l'origine d'une ascite abdominale, c'est-à-dire d'une accumulation de liquide dans le ventre expliquant cet impressionnant ballonnement. Je ne me remis pas d'être la risée de tout le service lorsque le professeur Degeorges expliqua que sa patiente était tout bonnement enceinte. Je fis bien une tentative pour montrer qu'en revanche, en matière d'isotope et de biophysique, j'étais bien meilleur qu'un professeur agrégé, mais je sentis que l'erreur que je venais de commettre compromettait ma vocation médicale. Ne pas savoir reconnaître qu'une femme est enceinte de six mois est un petit handicap pour l'exercice de cette profession ! Quelque temps après, je m'aperçus que j'adoptais rapidement les travers des médecins les plus antipathiques qui s'adressaient à leurs patients sur un ton condescendant. À nouveau, je me dis que je n'étais pas fait pour les risques liés à la médecine. Entre-temps, je me rendis également compte de mes faibles aptitudes pour pratiquer de manière fiable les gestes les plus élémentaires.

La psychiatrie et la psychanalyse qui avaient motivé ma vocation médicale initiale ? J'avais beau lire les uns après les autres les textes des séminaires de Lacan, je n'arrivais toujours pas à cerner l'objet *petit a*. Pire, quand des amis, des philosophes, m'en parlaient, je ne comprenais pas leurs raisonnements. Et quand je me hasardais à émettre un propos qui me semblait abscons à moi-même, leur acquiescement me faisait aussitôt craindre ma propre imposture. Côté recherche, je voyais bien que je n'avais pas la rigueur nécessaire pour monter de longs protocoles expérimentaux et que lorsqu'une mesure de mes expériences sur les cerveaux de rats sortait de la courbe espérée, j'avais à lutter contre une trop forte tentation de tricher sur la valeur afin de rétablir la linéarité de mes points. Vraiment trop dur. Médecin approximatif ou chercheur médiocre, trichant sur les données dans les deux cas, il fallait vite que je me désengage.

Où l'on croit à l'engagement perpétuel

En ce début septembre, je dois faire une conférence de rentrée devant quelques centaines d'étudiants qui s'engagent dans des études de sciences politiques. Ce jour est important pour eux. C'est la première fois qu'ils sont réunis dans cet amphithéâtre après avoir réussi un difficile concours.

Je cherche quoi leur dire. J'aurai deux heures pour les convaincre. Mais les convaincre de quoi ? Deux heures pour les entraîner. Mais les entraîner où ? Deux heures pour les séduire. Mais pour en tirer quoi ? De quoi ai-je envie moi-même ? De voir si je peux déclencher à mon tour ce qu'on a déclenché en moi. J'ai envie de provoquer ce déclic, de forcer le cours naturel de la pensée, de surprendre, de déranger pour engager. Comment faire ? Par où tirer le fil ?

Ce ne sont pas les raisons de s'engager qui manquent en ce début du vingt et unième siècle. J'aurais même tendance à penser qu'il est plus que nécessaire d'éviter la désertion. Que l'engagement doit être décuplé. Que nous devons en faire bien plus que ce que nous faisons déjà.

En jetant un coup d'œil à la une du journal sur l'Europe en crise, je pense à nouveau à l'engagement européen de mon grand-père. Dès le lendemain de la guerre, il s'est engagé dans le rapprochement entre la France et l'Allemagne. Ses parents, son beau-père, l'une de ses sœurs, son beau-frère et leurs quatre enfants ne sont jamais revenus de déportation. Il aurait eu toutes les raisons de haïr les Allemands ou, du moins, de rester en dehors de tout processus de réconciliation. Et pourtant il fut à l'avant-garde de cet engagement-là, même si, un demi-siècle plus tard, il reconnaissait l'effort que lui avaient coûté ces poignées de main si peu de temps après le drame.

Après celles et ceux qui se sont engagés contre le nazisme et le fascisme, puis pour construire une Europe unie sur les décombres de la guerre, n'y a-t-il pas un motif suprême d'engagement ?

En y songeant, j'ai l'impression de m'assoupir dans le train à grande vitesse que j'ai pris à une heure si matinale.

Dans un demi-sommeil, j'entends frapper à la porte. Je ne suis même pas étonné de voir mon père dans l'embrasure. Il a peut-être un peu vieilli. Mais à peine. Il me demande si j'ai assez travaillé pour la journée. Je réponds que je suis effectivement disponible pour notre ping-pong. Je n'ai guère la présence d'esprit de lui demander s'il me trouve changé, en vingt-cinq ans. Nous remontons le chemin des Vallières avant de tourner dans la rue de la Justice. Il marche bien un peu plus lentement que la dernière fois, avec le dos légèrement voûté, mais il faut un œil aguerri pour s'en rendre compte et cela peut passer pour une crise de lumbago, comme il en a périodiquement. La grille verte du « 10, rue » est ouverte, comme toujours. Nous contournons la grande maison par la gauche. Le jardin reste bien tenu. Le mûrier n'est pas plus penché qu'avant. La réparation de fortune avec l'injection de ciment dans son tronc continue à remplir son office. Cela fait maintenant un demi-siècle qu'il a été foudroyé et qu'il a résisté. Le figuier, lui, n'a pas pris une ride, s'appuyant sur la balustrade, ce qui rend facile la cueillette des figues depuis la véranda, sur laquelle nous nous trouvons à présent. La vieille porte de la cave grince toujours autant. En la poussant, on a chaque fois l'impression de lui faire rendre son dernier soupir. Dans la cave principale, la table de ping-pong n'a pas servi depuis longtemps. Les toiles d'araignée y sont si nombreuses qu'elles semblent former un second filet. Il y a une épaisse couche de poussière. Mon père la nettoie pendant que je vérifie que les raquettes dépareillées sont toujours bien à leur place, avec des balles un peu cabossées, au-dessus des rayonnages. Comme d'habitude, il manque l'ampoule de la seule lampe de la pièce, et il faut dévisser celle sur la lampe de la pièce d'à côté pour faire sortir la table de la pénombre.

Nous reprenons notre ping-pong hebdomadaire du dimanche soir là où nous l'avons interrompu vingt-cinq ans plus tôt. Avec le bruit des balles qui résonnent dans cette cave et la recherche des échanges les plus longs possibles. Le ping-pong du dimanche soir, c'est, presque chaque semaine, une récréation après une journée de travail et une manière de rendre visite à Étienne Hirsch. Au bout d'une demi-heure, nous rangeons les raquettes et les balles, remettons l'ampoule en place et empruntons l'étroit escalier qui remonte au rez-de-chaussée. Nous signalons notre présence d'un discret « Il y a quelqu'un ? » Un raclement de gorge et une légère quinte de toux, c'est mon grand-père qui ouvre la porte vitrée du salon et nous invite à rentrer.

Nous prenons place autour de la table dont la marqueterie représente un échiquier, qui sert surtout à poser les pipes, le tabac gris, le cendrier et un ou deux étains.

– Ça fait bien longtemps. Je suis heureux de vous voir tous les deux.

Le ton est si naturel que je ne sais pas si le « bien longtemps » couvre une semaine ou vingt-cinq années. Je ne cherche pas à le déterminer. Après tout, nous avons toujours fonctionné par sous-entendus et jamais parlé directement ni de la maladie ni de la mort. S'ils ne savent pas, tant mieux. S'ils savent, nul besoin de s'appesantir. Et très vite, nous reprenons la discussion là où nous l'avons laissée. Je me sens un peu gêné car je ne sais pas jusqu'à quelle période ils ont suivi l'actualité et s'ils sont au courant de ce que j'ai fait depuis la dernière fois. Il y a bien un journal qui traîne, mais il est trop loin pour que je puisse en distinguer la date. Est-ce celui de la veille ou un vieux quotidien d'avant la chute du mur de Berlin ?

Je les mets rapidement au parfum, au cas où ils n'auraient pas pu se tenir au courant de l'actualité. À mon grand-père, je raconte qu'il y a maintenant une directive sur le chocolat, plusieurs peut-être, mais toujours pas d'armée européenne, toujours pas de gouvernement fédéral. Je lui parle de la monnaie unique. Il ressort le texte qu'il avait publié dans les années 1970 où il prônait un « ECU », pour l'Europe. J'hésite à lui dire que la monnaie est en grand danger. Mais pourquoi l'épargner. Il a le droit de savoir.

À mon père, je fais part de la crise du logement. Au milieu des années 1970, il avait hurlé quand le nouveau gouvernement en place avait réduit de moitié l'ambition des villes nouvelles : cent mille habitants pour chacune des cinq créées en région parisienne, contre deux cent mille, comme en avaient décidé de Gaulle et Delouvrier. Aujourd'hui, on estime qu'il manque cinq cent mille logements en Île-de-France. Exactement ce qu'on a sacrifié pour des raisons politiques. C'est effectivement la crainte de voir des circonscriptions rurales basculer à gauche qui avait conduit la droite, à l'époque de Giscard, à freiner la croissance de l'urbanisation sur les territoires des villes nouvelles. Par la suite, la décentralisation, faite par la gauche, n'a rien arrangé. Les égoïsmes communaux ont continué à ralentir le rythme de construction des logements sociaux. Pendant que la France passait de cinquante à plus de soixante millions d'habitants, on négligeait de construire des logements ! Il n'y a pas pire exemple de politique publique.

C'est mon grand-père qui ouvre le feu. Tout y passe. Les commissaires européens inexistants. Les institutions européennes couchées devant les gouvernements. Les gouvernements incapables de décisions, agrippés à des faux reliefs de pouvoir. Les hauts fonctionnaires devenus simples exécutants. Le courage, une valeur en voie de disparition. Après avoir réglé leur sort à tous, il termine sa tirade :

– Ce n'est pourtant pas bien difficile de faire quelque chose ! Qu'en penses-tu ? conclut-il en se tournant d'abord vers mon père.

– Tu sais, en matière de clairvoyance, nous n'avons pas toujours été des as.

Il rappelle alors l'épisode des accords de Munich. Mon père avait 10 ans et était chez son oncle et sa tante. Ils ont entendu à la radio l'annonce du retour de Daladier, et ils se sont réjouis. Ils ont ouvert la meilleure bouteille de vin qu'ils ont pu trouver – une bouteille de monbazillac –, et ont trinqué, avec les enfants, à cette paix garantie. Longtemps j'ai entendu cette histoire comme la preuve que ceux qui sont les plus avertis sont susceptibles de se tromper. Et je ne peux pas voir une bouteille de ce vin blanc liquoreux sans voir Hitler, Mussolini, Chamberlain et Daladier préparer la catastrophe.

Ce qui m'intéresse pour l'heure, c'est justement de savoir s'ils établissent ou non un parallèle avec d'autres périodes de l'histoire dont ils ont été les acteurs. Après tout, là où ils sont, il n'y a plus aucun enjeu pour eux. Et je les sais capables d'évoquer l'histoire sans nostalgie et le présent sans dire que c'était si bien de leur temps.

Mon père est le plus réticent à l'idée d'un tel parallèle. Mais, de ses propos, transparaît l'impression qu'il a fait le deuil d'une certaine idée de l'Europe. Il nous voit vivre un grand tournant historique, le basculement du centre de gravité du monde. À l'entendre, il faut se résoudre à une vie de province en Europe ou à partir en Asie ou bien en Afrique pour connaître d'autres aventures. Cela n'a pas l'air de le chagriner. Comme il ne croit pas en la fin de l'histoire, il ne voit pas pourquoi l'Europe aurait eu vocation à rester dominante vis-à-vis du reste du monde.

Mon grand-père considère les choses sous un autre angle. Il pense qu'il ne faut pas lâcher la construction européenne. L'idée qu'on puisse encore bousculer le cours des choses et surtout le ronronnement des gouvernements aiguise toujours son appétit d'action. Il n'oublie pas qu'à 83 ans, il a été candidat aux élections européennes, n'acceptant que la dernière place, s'estimant quand même trop vieux pour prendre la tête de liste qui lui était proposée. Il se dit que cette crise peut déclencher le réflexe fédéraliste. J'ai l'impression de l'entendre dire « hardi ! », comme s'il y avait un rocher à gravir. Il a retrouvé son air malicieux, cet air qui sous-entend que rien n'est impossible, rien n'est inaccessible et qu'il faut juste faire preuve d'audace et de ténacité. Pour souligner ses propos, il va chercher la dernière bouteille de cognac Monnet qui lui reste. Peu importe qu'il soit ou non l'heure d'en boire, c'est le moment de s'en inspirer.

Nous explorons ensuite les différentes voies d'action. Nous abandonnons rapidement l'idée de baisser les bras et d'attendre passivement que la crise se résolve d'elle-même ou qu'au contraire la situation se délite. Tirant sur sa pipe, mon grand-père énumère les différentes hypothèses, fidèle à sa réputation d'homme capable de trouver des solutions simples aux problèmes les plus complexes. « Sans le pouvoir de l'argent, ni directement le pouvoir politique, il ne reste que le pouvoir de persuasion. La question est : comment le faire jouer efficacement ? » Il se lève pour aller dans la pièce d'à côté où un petit buffet contient ses archives les plus précieuses. Il en tire une chemise renfermant des papiers : il y a là quelques phrases manuscrites et des pelures fermées sur des lignes dactylographiées. « Voilà les brouillons de la déclaration Schuman, dit-il en les étalant sur la table. Il ne nous a fallu que quelques jours pour l'écrire. Et vous voyez, elle n'est pas bien longue. » Je comprends ce qu'il veut dire. Il explicite son raisonnement : il n'y a aucune raison que les choses soient plus difficiles au début du vingt et unième siècle que juste après guerre. « Finalement, il faut reprendre les choses là où nous les avons laissées. » Il lit les premières lignes : « Il n'est plus question de vaines paroles, mais d'un acte, d'un acte hardi, d'un acte constructif. La France a agi et les conséquences de son action peuvent être immenses. Nous espérons qu'elles le seront. » Un acte hardi. Le voilà, le fameux mot : je découvre que sa formule favorite pour nous faire gravir des rochers est celle qu'il a glissée pour lancer la construction de l'Europe.

Tous les trois, nous nous mettons à rédiger à toute vitesse :

« Au lendemain de la Seconde Guerre mondiale, les nations européennes ont su rompre avec la fatalité des conflits. Elles ont décidé de mettre en commun leurs forces, mais aussi leurs faiblesses, pour garantir la paix et pour rechercher la prospérité. Nous avons cru trop tôt que ce mouvement était irréversible et nous nous sommes arrêtés au milieu du gué, tout en laissant de nombreuses nations rejoindre le noyau initial de la communauté européenne. On ne peut rester au milieu du gué lorsque les flots sont tumultueux, ce qui est le cas aujourd'hui, avec les turbulences sur l'économie, sur la monnaie, sur l'industrie, sur notre modèle social. Il nous faut achever la traversée pour construire une véritable fédération européenne.

Les gouvernements nationaux doivent confier à un gouvernement européen certaines de leurs prérogatives pour le doter à nouveau d'un véritable pouvoir. Une seule voix doit représenter l'Europe dans les instances internationales. Un seul uniforme doit identifier notre armée. Nous devons faire connaître aux autres puissances mondiales que nous défendrons ensemble notre souveraineté et notre industrie.

Une taxe sur les transactions financières financera un effort d'éducation, de recherche et de grands travaux sans précédent depuis l'après-guerre.

Pour atteindre ce but, nous ne pouvons nous permettre de recourir aux procédures classiques, qui sont plus lentes que les spéculations des marchés et qui ne peuvent répondre à l'impatience des peuples.

Une assemblée constituante, réunissant des représentants des gouvernements et des parlements des différents pays européens et des membres de la société civile, se tiendra jusqu'à aboutir à une Constitution de la fédération européenne. Les pays qui souhaiteront y adhérer pourront le faire dans un délai d'un an. »

Que dois-je en faire maintenant ? demandé-je, inquiet. Étienne et Bernard, à moins que ce soit le commandant Bernard et le chasseur Étienne, se regardent d'un œil complice et répondent d'une seule voix :

« À vous de vous débrouiller, maintenant. Trouvez des relais dans les autres pays. Réunissez-les le temps qu'il faut. Faites adhérer massivement les jeunes. Multipliez les textes. Houspillez vos gouvernements. Faites-vous imprimer des cartes d'identité européenne. Ne les lâchez pas tant qu'ils n'auront pas fléchi. Et rappelez-vous que, contrairement aux apparences, ce n'était ni plus facile ni plus évident pour nous. Voilà. Cela nous a fait plaisir de nous revoir. » Ils disparaissent avant que j'aie pu répondre quoi que ce soit.

Je me retrouve seul dans mon carré de TGV. Mais je tiens le fil de ma conférence.

Où l'on rend hommage au camarade inconnu

La proviseur a bien voulu me donner un exemplaire du discours prononcé par Annie Badower, professeur au lycée Janson-de-Sailly de 1982 à 2004, au nom de la communauté éducative de Janson, lors du dévoilement des plaques à la mémoire des élèves juifs déportés du lycée, le mercredi 26 janvier 2005. J'y trouve rapidement le passage que je cherche :

« Se souvenir que Gilles Haarbleicher fut un élève admirable, acceptant de recopier à la main tous les libellés ainsi que les corrigés des exercices et problèmes de mathématiques afin de les envoyer à un camarade juif, Bernard Hirsch, qui était réfugié au Chambon-sur-Lignon, en Haute-Loire. Ce village cévenol fut un village de "justes" qui sauva de la déportation environ cinq mille juifs, grâce à la population majoritairement protestante. Cela rappelle que les trois quarts de la communauté juive française furent sauvés par les multiples gestes de Français de tous horizons laïcs et chrétiens, guidés par leur seule humanité. Quand un des élèves a voulu prendre la place de Gilles Haarbleicher, au premier rang de la classe, le professeur de mathématiques, monsieur Marion, un homme exceptionnel selon tous ses anciens élèves, dit à haute voix : "Cette place restera libre." »

C'est ma fille, élève à Janson, qui écoute ce fragment de discours et qui sursaute en entendant le nom de son grand-père. J'avais su, de la bouche de mon père, le destin de cet élève dont je ne connaissais pas l'identité. Le professeur Marion lui avait envoyé un petit mot : « Nous continuerons à vous envoyer les cours de mathématiques. Mais cela ne sera plus la même écriture. Votre camarade a été pris. »

Où l'on se livre, en guise de conférence, à la libre interprétation d'un rêve

Pendant que le directeur me présente aux étudiants, je ne cherche pas à m'extirper du rêve que l'arrivée du train a interrompu, décidé au contraire à le partager avec mon auditoire.

« Notre époque est étonnante de réversibilité. Pendant toute la seconde moitié du vingtième siècle, nous avons vécu une période semblable à aucune autre. Le monde, et singulièrement l'Europe, semblait vouloir ancrer pour toujours la démocratie dans nos institutions, dans nos habitudes, on pourrait presque dire dans nos gènes. Un écheveau extraordinaire s'est mis en place. Avec des conventions internationales comme clés de voûte, interdisant la peine de mort, consacrant les droits de l'homme, garantissant les libertés publiques. Avec des tribunaux pour veiller au respect de ces conventions, capables de condamner des États qui s'en écarteraient. Avec l'essor de la protection sociale. Avec un effacement progressif des frontières. Avec des institutions partagées, des lois communes. Un espace qui semblait tourner le dos à jamais au fascisme et à la dictature. Les conditions semblaient remplies pour que tout retour en arrière soit impossible. Espace de libre circulation, doté d'une monnaie unique. Certes, tout le monde sentait confusément que cette Europe était maladroite dans sa construction, osée dans son élargissement, technocratique dans son fonctionnement. Mais le dessein était tellement incontestable qu'on pouvait lui pardonner les erreurs ou les errements. Surtout, il était inimaginable que quiconque puisse le remettre en cause. Les souvenirs de l'avant étaient encore trop frais et trop douloureux.

Pendant les trente années qui ont suivi la guerre, la construction européenne a non seulement consolidé la réconciliation mais aussi permis une croissance euphorique. La paix semblait accompagnée de la prospérité. Les pays, qui n'étaient plus préoccupés par le souci de se faire la guerre, pouvaient se consacrer à construire une protection sociale, faite de régimes de retraite, d'assurances maladie, d'allocations familiales. Les avancées démocratiques se succédaient. Les atrocités étaient reléguées dans les musées et les lieux de mémoire. Il était même difficile de concevoir qu'il n'y eût qu'une génération qui séparait celle qui commettait les plus grands crimes de l'histoire de celle qui semblait avide de paix et de culture.

Il y a quelques années, devant un auditoire de votre âge, j'évoquais sans le moindre doute cette "irréversibilité" européenne, fruit de la volonté, après le traumatisme de l'holocauste, de rendre toute guerre impossible par la construction inédite d'un espace où les frontières pouvaient s'abolir et où la souveraineté se partageait sans douleur.

La chute du mur de Berlin venait confirmer la force de ce mouvement. C'était un triomphe indirect des valeurs européennes. Et l'accueil des jeunes démocraties émancipées du joug communiste montrait notre capacité à dépasser le seul effacement de la haine franco-allemande pour renouveler l'appétit d'Europe.

L'Europe, construite pour mettre fin à la guerre chaude que représentait le second conflit mondial, était capable d'absorber aussi la fin de la guerre froide.

Les batailles européennes étaient désormais des batailles de couloir dans le bâtiment Berlaymont. Il y avait bien les caprices des Anglais – "*I want my money back*" –, les soubresauts de la politique agricole commune, les psychodrames des débats budgétaires. Mais tous ces moments de tension ne semblaient que des petites querelles de famille, démontrant que les membres de l'Europe étaient suffisamment intimes pour pouvoir se chamailler.

Croire en l'irréversibilité européenne, ce n'était pas admettre la fin de l'histoire, mais bien au contraire reconnaître qu'une nouvelle histoire pouvait s'écrire. Que l'histoire n'était pas faite que de répétitions, de drames, de guerres. Que ce qu'on qualifiait d'inconcevable – les atrocités de la première moitié du vingtième siècle – ne pouvait effectivement plus se reproduire. C'était une réconciliation avec le sens de l'histoire.

Restait à étendre ce concept au reste du monde, qui vivait encore ses drames propres. La démocratie avait bien une valeur universelle, tout comme les droits de l'homme. On se rêvait à voir les casques bleus capables de mettre fin à tout conflit, ou mieux, de les prévenir. L'Europe n'avait-elle pas déjà accueilli l'Espagne sortie du franquisme, le Portugal tiré de la dictature et la Grèce après le régime des colonels ?

On pouvait critiquer la pesanteur de l'Europe, parfois son inertie, sa timidité, sa faiblesse sur la scène internationale, sa lenteur. Mais n'étaient-ce pas là que des défauts de jeunesse ? Face à des états multiséculaires, il était difficile de demander à une construction qui comptait moins d'un demi-siècle d'être déjà rodée, efficace, huilée. Il nous appartiendrait de l'aider à trouver sa vitesse de croisière. Chaque décennie ayant permis d'accomplir un pas supplémentaire, depuis le charbon et l'acier, le marché commun, la libre circulation, l'élargissement progressif et la monnaie unique.

Il y avait bien quelques signes préoccupants, mais que l'on pouvait prendre pour des anachronismes plutôt que comme des signes avant-coureurs. À la fin du vingtième siècle, on s'inquiétait légitimement de ce néofascisme autrichien, qui vit l'Europe réagir promptement, de l'extrême droite française et de quelques autres mouvements capables de disparaître comme ils étaient venus.

Paix, prospérité, union, démocratie, droits de l'homme, protection sociale : voilà de quoi devait être fait notre avenir européen, sur un socle d'autant plus solide qu'il avait immédiatement suivi la guerre. Si la génération qui s'était entretuée, qui avait atrocement souffert, avait pu construire cela, comment les générations qui suivaient auraient-elles pu faire autrement que de s'inscrire dans ses traces, que de parfaire ce qu'elle avait commencé, de traduire son intuition géniale en un édifice solide ?

Et voilà que les signaux contraires se sont accumulés. Les dettes et l'euro. Et en quelques mois, l'idée s'installe qu'un pays peut retrouver son drachme antique, et peut-être la lire, la peseta, l'escudo, le franc, le mark. Le simple fait d'évoquer l'hypothèse l'accrédite. Et puis, cette Hongrie, qui s'écarte des valeurs européennes, et dont le gouvernement adopte des mesures bien éloignées des principes démocratiques. Auparavant, il y a eu la France qui a connu un leader de l'extrême droite au second tour de l'élection présidentielle, avant de voir s'estomper les limites entre la droite et l'extrême droite. Les Pays-Bas, avec un gouvernement s'appuyant sur un parti xénophobe. Les écrits, en Allemagne, d'un ancien responsable de la banque centrale, renouant avec un racisme prétendument "respectable" dans un livre qui rencontra un nauséabond succès de librairie. Les drôles de mœurs politiques italiennes, qui font parfois sourire, mais ne ressemblent que de loin à la grandeur de ses dirigeants d'antan, les de Gasperi et Spinelli.

Tout ce qui pouvait sembler parfaitement irréversible apparaît désormais complètement réversible. Le retour des monnaies nationales ? Possible. La fermeture des frontières ? Possible. Un gouvernement incluant des membres de l'extrême droite, nostalgiques du fascisme ? Possible. Une crise qui provoque une attraction pour des mouvements non démocratiques ? Possible. Des conflits, si ce n'est au cœur du moins à la périphérie de l'Europe ? Possible. Un sort indigne réservé à des minorités ethniques ? Possible. Des violations aux conventions européennes des droits de l'homme ? Possible. Une mise entre parenthèses, prélude à une remise en cause, des institutions communes ? Possible. Une déconstruction européenne ? Possible. Des restrictions aux libertés fondamentales ? Possible.

Je ne dis pas que cette évolution funeste est programmée, ni même ne suggère qu'elle est probable. Mais j'affirme qu'elle est désormais possible ou plus exactement plausible. Et cela suffit à provoquer des frissons. Ce qui faisait la force même de l'Europe devient sa faiblesse. La génération qui a construit la réconciliation ? Elle est en train de disparaître. Et on lui reproche d'avoir mal conçu cette construction, emportée par son élan de réconciliation, au lieu de lui en savoir gré, d'en mesurer le sacrifice et d'en apprécier l'intuition. La recherche de la paix définitive ? Elle aurait fait écran, empêchant de voir les vrais enjeux européens. La monnaie unique ? Elle aurait été conçue trop rapidement pour être solide. L'élargissement ? Il serait cause de paralysie. Le concept de libre circulation des biens ? Il aurait déstructuré notre industrie face à la concurrence des autres continents. L'ouverture des frontières ? Elle nous rendrait vulnérables à une immigration que nous ne saurions pas maîtriser. Les institutions européennes ? Elles auraient affaibli la démocratie en lui substituant une technocratie sans réelle légitimité.

Éviter la réversibilité, voilà une raison de s'engager. Une raison évidente, pressante et difficile. Mais existe-t-il vraiment des engagements faciles ?

Sauver une certaine conception de l'Europe : ce qui se joue aujourd'hui est, *mutatis mutandis*, du même ordre que ce qui s'est joué pour la génération précédente. Le contexte n'est pas le même. Évidemment. Mais on peut, sans accepter les ricanements, comparer avec le climat ou plus exactement avec les risques de l'entre-deux-guerres. Un débordement menace. Les conditions objectives d'une perte de contrôle existent. Et l'on ne sait que trop qu'un processus qui se dégrade est particulièrement difficile à stopper. Quand faut-il faire preuve d'intransigeance ? Cela n'est jamais le bon moment. Il y a trop de choses à perdre. Il faut commencer par le dialogue. Il ne faut pas mettre d'huile sur le feu. Il ne faut pas être contre-productif.

Si demain l'un des pays fragiles de l'Europe, qu'il s'agisse de la Hongrie, de la Grèce ou même de l'Italie ou de l'Espagne, commençait à céder ? Devant un taux de chômage élevé, une situation économique difficile, des dettes insurmontables, une pauvreté galopante. Si le populisme se frayait un chemin ? Si un gouvernement mettait sur le dos de l'Europe, des étrangers, d'une permissivité démocratique les malheurs qui frappent son pays ? Même en France, pourrait-on dire, on a vu comment une campagne électorale est susceptible d'être articulée autour d'une remise en cause des accords de Schengen, d'un appel au protectionnisme, de diatribes sur l'immigration et le constat de décès du multiculturalisme. Un mot impropre, bien sûr, mais dont la condamnation n'en est pas moins inquiétante.

Est-ce vraiment inconcevable ? Certainement pas. Le reste de l'Europe serait cependant désarmé. Comme il n'a pas su trouver les parades à l'évolution hongroise, comme il n'a pas su stopper les foucades de Silvio Berlusconi, comme il a laissé l'extrême droite représenter une force stable dans plusieurs pays et au Parlement européen. Que se passerait-il ? L'Europe n'est plus assez forte pour imposer des sanctions, plus suffisamment attractive pour que l'adhésion des peuples aux valeurs qu'elle représente évite qu'un pays membre ne prenne ses distances avec elle, ou ne menace de le faire.

Il existe donc un scénario plausible de délitement. Qu'il soit progressif n'a rien de rassurant. Il n'en est que plus insaisissable, ce qui augmente le risque d'impuissance et de passivité.

En effet, l'engagement aujourd'hui paraît plus délicat qu'il ne l'était avant. Parce que cette dégradation peut se poursuivre dans des conditions d'apparence démocratique, avec des années sans violence, il ne s'agit donc pas de prendre les armes, de rejoindre le maquis, de refuser un régime autoritaire. Nous ne serions pas dans les conditions des années 1940, mais plutôt dans celles des années 1920 et 1930. Or, n'aurait-on pas attendu un sursaut à l'époque ? Une Société des nations plus efficace ? Des dirigeants plus clairvoyants ? Une opinion publique davantage mobilisée ? L'arrêt d'un basculement par les moyens démocratiques dans la dictature ?

Peut-on considérer que la société civile n'est pas capable de stopper d'elle-même un tel processus ? Qu'avant il est toujours trop tôt et qu'après il est définitivement trop tard ? Peut-on se résoudre à penser que la seule prévention est celle qui passe par les institutions et les gouvernements, dès lors que nous restons dans le champ démocratique. Faut-il donner raison à ceux qui estiment que tout parallèle avec le contexte d'avant-guerre est une erreur historique grossière ?

Faut-il penser que toute forme d'engagement n'est rien par rapport aux "vraies solutions" ? Que ces vraies solutions se trouvent dans les plans de sauvetage, dans les stratégies d'investissement, dans les politiques de désendettement, dans l'acceptation d'impôts plus élevés, dans les réformes institutionnelles ? Que les vraies solutions ont leur calendrier que la raison ignore et que nul ne peut bousculer ? Que finalement l'inertie est notre meilleure protection face aux bouleversements du monde ?

Et du coup, quelles formes peut prendre cet engagement ? Dans ce contexte, l'engagement est peut-être à repenser, à réinventer. Il y a une telle distance entre l'idéal d'une Europe auquel on peut aspirer et la réalité de sa cuisine qu'il n'est pas facile d'imaginer comment son propre engagement, sa propre implication, pourraient avoir une influence positive. Car c'est probablement l'une des difficultés de l'engagement contemporain. Le pouvoir s'est dilué. Ce ne sont plus les résistants qui prennent le maquis, c'est le pouvoir lui-même qui semble camouflé, dispersé, diffus, insaisissable, qui parle avec des langages codés, des formules secrètes.

Qui décide en Europe ? Le problème, c'est que c'est impossible à déterminer. Entre les peuples, les institutions communautaires, les gouvernements nationaux, les groupes d'influence, il est délicat d'identifier les véritables centres de décision. Il est bien plus facile de localiser les lieux de blocage, les centres de "veto", que les lieux d'action. Chacun détient, en réalité, un pouvoir d'empêcher. Depuis le représentant du plus petit état, la cour constitutionnelle allemande, en passant par les pays qui choisissent le référendum, les spéculateurs. Il y a comme une dématérialisation du pouvoir, de la même manière qu'il y a eu une dématérialisation de la monnaie. Les plus grandes décisions sont difficiles à appréhender. Les sommets de la dernière chance, dramatisés, existent encore, mais leur traduction en actes devient incertaine dès le surlendemain. Et elle n'est pas achevée, quand un nouveau sommet de la dernière chance doit intervenir, sans qu'on sache s'il est rendu nécessaire par l'échec ou l'enlisement du précédent ou par un contexte qui a changé plus vite que la musique européenne.

Ce qui rend délicat l'engagement, c'est aussi la difficulté à distinguer le chemin qui conduit à l'idéal. Qui étaient les défenseurs de l'Europe en 2005 ? Ceux qui appelaient à voter oui au référendum, tout en reconnaissant les imperfections du traité qu'ils défendaient ? Ou ceux qui s'y opposaient, tout en se définissant comme pro-européens, mais dénonçant un dévoiement de l'idéal européen ? S'engager pour l'Europe, est-ce soutenir les pouvoirs en face, aussi faibles et timides soient-ils, ou faut-il au contraire s'y opposer, pour défendre une autre voie, une autre voix ? En défendant une Europe fédérale, sert-on la cause ou l'affaiblit-on ? Faut-il faire pression à Bruxelles ou à Paris ? Faut-il se situer au niveau des principes ou au contraire entrer dans la technique intime de la procédure européenne ?

En 2005, j'ai essayé d'apporter ma pierre au débat. En entendant le président de la République annoncer qu'il avait choisi de consulter les Français par référendum, j'ai pressenti ce que je considérais comme le pire. Le traité allait être prétexte à des règlements de compte qui n'avaient rien à voir avec le futur de l'Europe. Un président de la République affaibli par des émeutes de banlieue, englué dans l'impopularité, incapable de donner un élan à son quinquennat, allait cristalliser sur le traité tout le rejet dont il faisait l'objet. L'opposition allait en faire ses choux gras, adoptant des positions paradoxales. Ceux qui, à gauche, voulaient faire oublier leur libéralisme allaient rivaliser dans la surenchère contre l'Europe des marchands. Ils prétendaient parler au nom des plus modestes, qu'ils entendaient protéger contre le "plombier polonais". Mais qui demandait aux plus modestes ce qu'ils en pensaient ?

À Emmaüs, nous obtînmes un financement pour organiser une information sur le traité européen. J'embauchai une jeune juriste en lui donnant comme mission d'aller dans toute la France, dans les centres d'hébergement d'urgence comme dans les communautés, sans parti pris, expliquer le traité et répondre à toutes les questions qui se poseraient. L'initiative connut un succès formidable. Compagnons, gens de la rue affluaient. Les interrogations fusaient. Il n'était jamais question de ce que disaient les responsables politiques français, mais bien d'Europe. Des compagnons d'Emmaüs arrivaient avec leur traité sous le bras. Ils en faisaient la lecture ensemble, cherchant ce qui pouvait les concerner directement. La juriste était une très jolie jeune femme qui ne s'en laissait pas conter par ces hommes ravis qu'elle vienne leur parler avec grâce, même d'un traité rébarbatif. Quand cela chahutait, elle se dressait debout sur une chaise, pour se faire entendre de l'auditoire, répondant à chaque apostrophe sur le traité, ignorant d'un sourire charmant les plaisanteries qui peuvent jaillir dans un milieu aussi masculin. Le traité était si compliqué qu'en définitive ceux qui étaient à bac +5 et ceux qui étaient à rue +3 se retrouvaient quasiment sur un pied d'égalité. Nous découvrîmes dans ces débats enfumés et enfiévrés une autre conception de l'Europe que celle de la peur. Beaucoup d'entre eux étaient des Européens de fraîche date, venus d'Afrique, du Maghreb ou d'Asie. Ils défendaient, plus que tous les autres, une Europe tolérante, accueillante, ouverte, démocratique. Ils renouaient, mieux que des citoyens blasés, avec l'idéal européen. Et quand, par curiosité, nous procédâmes à un sondage parmi les compagnons, le oui au traité l'emporta légèrement sur le non, contrairement à ce qui ressortait des débats parmi les élus d'Emmaüs. N'en déplaise aux donneurs de leçons de gauche, on pouvait être pauvre et être favorable au traité européen.

L'engagement européen rime, aujourd'hui, avec l'engagement pour la liberté, les droits de l'homme, le progrès social, la démocratie, pour peu qu'on sache renouer avec l'idéal originel. L'affaire n'est pas simple. Ce n'est pas le combat d'un seul pays. Il n'y a pas un ennemi identifié à traquer, mais une sorte de fuite en avant à enrayer. Résister, c'est risquer de se faire accuser de collaborer. Défendre l'Europe, ne serait-ce pas défendre le libéralisme, le libre-échangisme, une certaine vision du capitalisme, le culte de la concurrence ?

Il y a donc, autour de l'Europe, une forme d'engagement à réinventer, de pédagogie à reconstruire. Un terrible scepticisme à vaincre. Un fil à renouer avec l'histoire de la fondation de l'Europe sans rebuter par l'évocation d'un passé devenu suspect.

Pour cela, projetons-nous dans ce que serait une Europe vraiment fédérale. Ce que serait une Europe parachevée. Notre gouvernement aurait moins de pouvoirs. Concrètement, cela signifie par exemple qu'il n'y aurait plus de Président français au G20, l'Europe nous y représenterait. Au Conseil de sécurité de l'ONU, notre siège permanent serait transféré à l'Europe. Nous n'aurions plus de ministre des Affaires étrangères et d'ambassades : notre souveraineté serait vraiment partagée. Nos dépenses militaires seraient réduites dans une armée européenne. Les deux grandes échéances politiques seraient l'élection du Président européen, égal du Président américain et du chef d'État chinois, et celle du Parlement européen. Nous nous rendrions compte, en additionnant les médailles, que nous appartenons à la première nation olympique du monde, avec un total de médailles européennes supérieur à celui des États-Unis ou de la Chine, et nous apprendrions progressivement à nous en réjouir. Et par ce biais, peu à peu, nous renouerions avec l'idée d'appartenir à l'une des trois plus grandes nations du monde. À l'inverse, nous nous apercevrions que ce grand chambardement politique ne serait en rien un renoncement dans nos vies quotidiennes, ni dans nos traditions culturelles. Le vin de Bordeaux resterait le vin de Bordeaux et Paris serait toujours en rivalité avec Rome pour se considérer comme la plus belle ville du monde. Nous pourrions nous lancer dans des aventures industrielles communes, affranchies du dogme de la concurrence, et assumer un haut niveau de normes environnementales et sociales. »

J'insiste sur cet engagement européen, car je le considère aujourd'hui comme la manière la plus importante d'assumer l'héritage de la Résistance, de ne pas renoncer, même sous des formes qui n'ont bien évidemment strictement rien à voir avec la Résistance elle-même.

Où l'on ne peut faire l'économie du produit de l'engagement volontaire

Prôner l'engagement expose au risque de sombrer dans l'incantation la plus vaine, la plus ridicule. Mais le déficit d'engagement est peut-être à la fois celui qui crée le plus grand vide et celui qui est le plus facile à combler. Pouvons-nous susciter l'engagement autrement que par des discours convenus et des odes vibrantes mais inutiles au bénévolat ? Risquons-nous à un petit raisonnement.

Notre pays traverse une crise grave, au sein d'une Europe elle-même dans une très mauvaise passe. La dette obstrue notre avenir, comme cette maladie ophtalmique qui provoque une dégénérescence maculaire, autrement dit une tache noire devant l'œil. On a beau tourner la tête, tourner ses yeux dans ses orbites, la tache reste toujours au milieu du champ de vision, interdisant toute perspective dégagée. Une crise de l'emploi. Avec des personnes de plus en plus nombreuses condamnées au chômage. Une barrière des coûts de production, de compétitivité. Une crise de l'environnement. Un modèle social qui vacille sur ses bases, lesté de déficits. Une nécessité de faire des coupes sombres quand il y a encore tant de besoins non satisfaits. Une crise des valeurs. Une crise d'identité. Une crise du sens de l'Europe.

Les leviers traditionnels qui pourraient permettre d'en sortir semblent bloqués. Les marges de manœuvre sinon inexistantes, du moins faibles. Difficile d'engager des ressources publiques quand le rétablissement des comptes publics est une priorité des prochaines années et que l'heure est aux économies, plutôt qu'aux dépenses supplémentaires. Le renforcement de manière classique des services publics, à quelques exceptions près, ne paraît pas à l'ordre du jour. Les odes à la croissance sont utiles, mais incertaines. Difficile de se contenter d'espérer un renversement spontané de conjoncture. Ce qu'on pourra ponctionner en impôts, avec les limites qu'on connaît – les pauvres ne peuvent en payer, les riches menacent d'être asphyxiés et les classes moyennes doivent être protégées –, ne sera pas de trop pour contribuer à atténuer les déficits et à empêcher la dette de s'accroître. Sortir de la crise nécessite un effort. Mais de quel effort peut-il s'agir ?

On peut défendre la thèse selon laquelle l'engagement est la plus grande ressource mobilisable disponible. Cela peut paraître absurde, à première vue. Parce que « l'engagement » n'est pas une ressource concrète et quantifiable. Elle semble bien immatérielle, voire insaisissable.

J'entends bien sûr tous ceux qui ont l'impression de mener une vie difficile crier à la folie. « Déjà, j'ai du mal à assurer (en argent, en temps, en énergie) ce qui est nécessaire, à mener tant bien que mal ma vie, et il faudrait que je donne davantage pour une cause incertaine et un résultat improbable ? »

J'entends aussi l'argument culturel. Il n'est pas dans

la culture de notre pays de développer l'engagement. Comment trouverait-il sa place entre notre penchant individualiste et notre goût immodéré pour une solidarité obligatoire, organisée par l'État sous ses formes les plus traditionnelles ?

J'entends encore le scepticisme. L'engagement ne fait pas partie des choses sérieuses. C'est bien évidemment une babiole, un gadget, un simple à-côté. Cela semble anecdotique. L'essentiel est ailleurs. Il est dans les politiques budgétaires. Dans l'innovation, dans l'économie, dans les marchés financiers, dans la domestication de la Bourse, dans le développement économique. L'engagement comme réponse à notre crise ? Vous voulez rire ! C'est le contraire, mon brave monsieur. Si vous y tenez, dès qu'on sera sortis d'affaire, on pourra se pencher sur cette question éminemment sympathique. On pourra parler de gentillesse et de bons sentiments. Mais en attendant, laissez-nous agir.

Pourtant, tous ces arguments n'arrivent pas à me persuader. J'ai plutôt envie de poser le postulat inverse. Et si l'on se disait qu'à certaines époques, on raisonnait autrement ? Nos prédécesseurs n'avaient pas beaucoup de recettes à leur portée. Ils mobilisaient et ils galvanisaient. Et que se passe-t-il dans ces pays où l'on doit vaincre un régime, mettre à bas une dictature ? On s'engage. On s'engage contre vents et marées. On s'engage pour lutter.

Pourquoi, en période de paix, les autorités publiques n'ont-elles jamais appelé à l'engagement ? Pourquoi l'État n'a-t-il jamais été plus loin que des campagnes pour les économies d'énergie ou des appels à ne pas prendre sa voiture quand Bison Futé prévoit des embouteillages ? On peut avancer deux motifs à cette carence. Le premier, c'est que l'appel à la mobilisation est réservé aux périls extérieurs. Le second, c'est que toute mobilisation déclenchée par un gouvernement est entachée de suspicion. N'est-ce pas un signe d'incapacité de sa part ? « On paye déjà des impôts et des cotisations, qu'il fasse marcher le pays avec, il n'a pas besoin en plus de nous demander de nous engager. » Et si c'est un gouvernement qui nous demande de nous engager, n'est-ce pas pour nous instrumentaliser ?

Il y a eu, dans la période récente, trois appels à l'engagement : deux échecs et un succès. Le premier échec, passé inaperçu, a eu lieu au moment du passage aux trente-cinq heures. Au début, la réduction du temps de travail était accompagnée d'un discours sur l'engagement. Quatre heures de travail en moins par semaine, cela pouvait faire quatre heures au service de l'intérêt général. Ce discours a été rapidement abandonné et l'impact de la réduction du temps de travail sur l'accroissement de l'engagement est au final faible. Il n'est pas nul. Il y a depuis un petit bruit de fond avec des salariés qui consacrent une partie de leurs RTT à donner des coups de main à des associations et qui ne l'auraient pas fait avant. La deuxième tentative est celle du lundi de Pentecôte. « Pour les personnes âgées, renoncez à un jour férié ! » L'idée a été largement brocardée. On comprend pourquoi : c'était dans un contexte où les Français n'avaient pas confiance dans les politiques, acceptaient mal certaines réformes et se sentaient davantage spoliés que mobilisés. Finalement, la journée de solidarité est plus un impôt en temps (somme toute modeste) qu'un geste de solidarité volontaire. C'était d'ailleurs l'objectif réel :

faire rentrer de l'argent dans une caisse sans afficher une augmentation des impôts traditionnels. Le troisième exemple d'appel à mobilisation par l'État, c'est le service civique. Si la plupart des missions de service civique s'effectuent dans des associations et, dans une moindre mesure, dans des collectivités locales, c'est bien l'État qui incite, qui encourage à l'engagement. Et au bout de deux ans, ce sont cent cinquante mille jeunes qui ont répondu à un appel, bien que celui-ci n'ait pas été claironné à grand renfort de moyens publicitaires. Des jeunes qui ont fait mentir les oiseaux de mauvais augure, lesquels prévoyaient un flop, au motif d'une prétendue atonie de la jeunesse.

Dans un contexte très particulier, où la crise a une dimension économique, budgétaire, sociale, mais aussi morale – une crise de la morale, qui n'est pas flamboyante, et une crise du moral, qui n'est pas au beau fixe –, l'appel à l'engagement serait loin d'être incongru. Et pas obligatoirement voué à être inefficace.

On nous dit qu'il faut faire un « effort ». Pourquoi effort rimerait-il seulement avec impôt et gel ? Un effort, cela peut être donner du temps, accomplir davantage de gestes de solidarité, s'impliquer. Bref s'engager et se mobiliser.

Je fais souvent des calculs de coin de table. J'imagine ce que pourrait avoir comme impact la mobilisation de centaines de milliers de bonnes volontés, là où les besoins sont les plus criants. J'ai parfois l'impression enivrante que de nombreux problèmes considérés comme insolubles trouveraient à être réglés. L'isolement, l'absence d'accompagnement de certaines personnes plus fragiles, les besoins des associations, tout cela peut être transformé si chaque année des dizaines de milliers de jeunes s'engagent à leurs côtés, et, au-delà de ça, si chacun distrait quelques heures de sa semaine pour cette forme d'intérêt général. Peut-on se donner quelques années pour faire une société solidaire ? Faut-il laisser la contagion s'opérer seule ? Faut-il la forcer ? Faut-il l'organiser ? Faut-il la mettre en scène, lui donner de la publicité ? Faut-il laisser infuser, laisser les mentalités évoluer progressivement ? Ou forcer la nature, forcer le destin, forcer les égoïsmes, la flemme, les pesanteurs ? Comment lever, surmonter, contourner, éliminer tous les obstacles sur ce chemin. Le scepticisme, les ricanements, les difficultés matérielles, les chapelles, les inerties, les utopies, les médiocrités.

Il faut déclencher ce surcroît d'engagement, si difficile à provoquer. Mais de même que l'on va chercher le point de croissance supplémentaire, le « 1 % » qui fait la différence, qui sort de la récession, qui crée à nouveau des emplois, qui permet d'avoir un peu plus de richesses pour distribuer du pouvoir d'achat, on doit pouvoir aller chercher ces 10 %, 20 %, 100 % d'engagement supplémentaire, qui dépendent de nous.

Ce gisement inexploité d'engagement est l'une des ressources les plus gâchées et les moins coûteuses. L'atteindre implique de vaincre de nombreuses formes de prévention et sarcasmes, de ne pas se laisser intimider par les sourires narquois et accabler par le triomphe de la pesanteur. Quand on voit un programme de portage de livres à domicile des personnes âgées être si réussi, avec l'engagement de quelques dizaines de jeunes par année dans une ville, on se demande pourquoi on ne s'empresse pas de passer à mille ou deux mille jeunes chaque année, dans les grandes villes comme dans les campagnes. J'ai d'ailleurs découvert que les Chinois, avec les quelques défauts inhérents à leur système politique, avaient cet objectif en ligne de mire : mobiliser des millions de jeunes Chinois pour lutter contre l'isolement dans une société vieillissante.

Pour cela, il faut engager, c'est le cas de le dire, une démarche systématique permettant de mobiliser ces gisements d'énergie. Cela nécessite probablement d'avoir un tableau de l'engagement, de suivre la mesure du « PEV », du produit de l'engagement volontaire. Combien d'heures aujourd'hui ? Combien de missions ? Quel impact ? Une croissance de 4 % annuelle nous permettrait d'augmenter la valeur de l'engagement de 50 % en dix ans. En quoi cet objectif serait-il hors de portée ? Et comment nier que la société se porterait mieux avec 50 % d'engagement en plus ?

Épilogue 1

On a trouvé un article dans une revue de sciences politiques des années 2020 signé par un certain René-Bertrand Minetian, maître de conférences à l'Institut universitaire européen de Florence. Il nous a paru suffisamment intéressant pour que nous en publiions ici de larges extraits.

« Nous avons choisi comme sujet d'études les évolutions qui se sont produites en France dans les années 2013-2016. Le début du vingt et unième siècle avait été marqué, il faut le rappeler, par une crise aussi grave que celle qu'avait connue l'Europe près d'un siècle auparavant. Elle avait débuté par une crise financière aiguë, partie des États-Unis et transmise à l'ensemble du monde, mais qui connut des prolongements très déstabilisants en Europe. Certains pays de l'Union européenne étaient au bord de la faillite et l'Europe se montrait incapable de résoudre leurs difficultés financières, qui menaçaient l'euro de dislocation. La situation du chômage était très préoccupante et les gouvernements trop pris au dépourvu pour y apporter des réponses.

La France n'était pas épargnée par la crise. Selon les statistiques officielles, elle comptait trois millions de chômeurs, mais la réalité faisait plutôt apparaître le nombre de cinq millions de personnes privées d'emploi. La pauvreté, qui avait cessé de reculer, recommençait à augmenter. Les marges de manœuvre budgétaires du gouvernement et des collectivités territoriales étaient presque nulles. À ces données économiques et sociales s'ajoutait un contexte politique marqué par la menace qu'exerçait un certain populisme, incarné par un parti d'extrême droite aux idées duquel les électeurs étaient de plus en plus en plus perméables, et certains responsables politiques étaient tentés de leur emboîter le pas.

Un sursaut s'était manifesté à la fin de l'année 2012. Présentant ses traditionnels vœux télévisés, le président de la République avait lancé un appel à la mobilisation, dans une allocution très courte, mais qui marqua les esprits tant elle tranchait avec les exercices traditionnels des années précédentes. Cela suivait de peu un appel lancé par des intellectuels, les responsables de grandes associations de solidarité, et quelques acteurs politiques de droite et de gauche. Dans l'allocution du président de la République, il était question de "marges de manœuvres étroites", de "besoins immenses", de "choix difficiles", de "défis redoutables". Il était aussi question de "mobilisation", d'"engagement", de "ressources sur lesquelles nous savons pouvoir compter".

Quelques semaines plus tard, un Programme national d'engagement, comportant dix points, était adopté :

1°) Le président de la République annonce que "l'engagement" est déclaré grande cause nationale. Cette déclaration a été précédée de consultations larges de la société civile, dont plusieurs représentants ont eux-mêmes appelé à un sursaut citoyen. Le Président s'engage à s'impliquer personnellement et dans la durée, en présidant lui-même le Conseil national de l'engagement.

2°) Le Conseil national de l'engagement est institué. Il comprend des représentants des forces politiques disposant d'un groupe au Parlement, des partenaires sociaux, des collectivités territoriales et de la société civile. Il se réunit tous les mois sous la présidence effective du président de la République, qui rappelle, lors de la première séance, l'esprit du Conseil national de la Résistance.

3°) Une loi prévoit que tout citoyen adulte doit l'équivalent de cent jours d'engagement pour chaque période de cinq ans à la collectivité ; cet engagement peut prendre plusieurs formes : des périodes continues d'un mois ou une demi-journée par semaine. Chacun doit s'inscrire auprès d'un bureau de l'engagement dans sa commune.

4°) Les grands services publics organisent un plan de mobilisation pour associer des engagés à leur fonctionnement : sont principalement concernés l'éducation, le service public de l'emploi, les hôpitaux, les services sociaux, les établissements pour personnes âgées.

5°) Les fonctionnaires qui partent à la retraite sont invités à se mobiliser pendant un ou deux ans, à mi-temps moyennant une indemnité de cent euros par mois se rajoutant à leur retraite ; ils peuvent faire cette prolongation dans leur administration d'origine ou dans toute autre administration publique.

6°) Les communes mettent en place des bureaux de l'engagement où la population peut s'inscrire et qui orientent les volontaires vers les besoins, notamment les personnes isolées, les centres sociaux.

7°) Une réserve "senior" est organisée et participe aux programmes de formation des volontaires ; certains d'entre eux ont pour fonction d'organiser le transport vers leur lieu de travail ou de formation de celles et ceux pour lesquels la mobilité est un obstacle à toute activité professionnelle.

8°) Les jeunes de moins de 25 ans sont encouragés à accomplir leur engagement sous forme de service civique ; ils jouent un rôle important dans les bureaux d'engagement communaux pour la mobilisation, l'inscription, l'orientation des autres volontaires.

9°) Une Fondation pour l'engagement bénéficie des apports des plus grandes fortunes françaises ; c'est la plus importante fondation jamais créée en France ; sa création fait suite à une réunion provoquée par le président de la République et doit beaucoup à l'effet d'entraînement déclenché par les deux premiers donateurs qui ont chacun fait un chèque de cinq cents millions d'euros ; la Fondation de l'engagement prend en charge les diverses indemnités et les frais de fonctionnement des instances qui pilotent le Programme national d'engagement, évitant toute dépense publique.

10°) Une comptabilité de l'engagement est tenue qui mesure le temps consacré par les volontaires, l'impact de leur action et l'équivalent des sommes qu'il aurait fallu consacrer aux actions si elles n'avaient pas été le fruit d'une action volontaire.

Les effets de ce programme ont surpris jusqu'à ses promoteurs. Il a suscité l'engagement, en trois ans, de près de huit millions de personnes. Son effet sur les services publics a été particulièrement positif. Le pari était osé, faisant craindre une levée de boucliers. Les fonctionnaires n'allaient-ils pas voir dans ce programme d'engagement une manière d'accélérer la réduction de postes, de dévaloriser leur statut ? Ce n'est pas ce qui advint. L'implication de volontaires participa à réconcilier la population avec ses services publics, en y transformant l'atmosphère. Des enquêtes montrèrent que les Français cessaient de détenir le record du monde du pessimisme, comme s'il y avait une épidémie de confiance. L'année supplémentaire de volontariat pour les fonctionnaires partant à la retraite fut choisie par 20 % des agents la première année, 30 % la deuxième année, 40 % l'année suivante. Cela posa des problèmes d'organisation réels mais que les administrations furent fières de surmonter. Le succès de la Fondation pour l'engagement fut une surprise dans un pays qui n'avait pas saisi la perche du "*giving pledge*" tendue par Warren Buffet quelques années plus tôt. Bill Gates vint en France saluer l'initiative de la Fondation pour l'engagement, ce qui provoqua une nouvelle vague de dons. Il y eut un grand débat pour savoir s'il fallait passer à une étape supplémentaire, comme cela avait été envisagé en vue de sanctionner l'absence d'engagement, mais il y eut un large consensus pour estimer que cela n'était pas nécessaire. On réalisa, avec surprise, que cet engouement pour l'engagement n'affaiblissait pas les formes traditionnelles de la solidarité. Un effet inattendu fut la baisse des arrêts maladie pendant cette période. Le partenariat entre l'État, les partenaires sociaux et la société civile évita le soupçon d'un désengagement de l'État, profitant de l'aubaine de cet afflux de volontaires. Il faut dire que les organisations syndicales eurent la surprise de voir leur nombre d'adhérents augmenter par un effet d'attraction des actions qu'elles proposaient dans le Programme national d'engagement. Les effets sur le système éducatif furent spectaculaires. Il permit de donner un tuteur à chaque étudiant et de diminuer significativement l'abandon pendant le premier cycle universitaire [...]. »

Après une longue partie descriptive, l'auteur de l'article se livrait à des calculs savants pour mesurer l'impact qu'avait eu cette mobilisation sur les principaux paramètres de l'économie française : la réduction des déficits publics avait pu être conduite avec succès, ses conséquences négatives ayant été fortement atténuées par l'implication des volontaires dans des missions d'intérêt général ; selon les différents chiffrages, l'effet sur la croissance était estimé entre +0,5 et 0,8 % chaque année.

Épilogue 2

Papa,

Cela fait longtemps que je ne t'ai pas donné de nouvelles. Je ne savais pas vraiment où t'écrire. Et puis j'attendais probablement que ma « ville nouvelle » reçoive ses premiers habitants. C'est fait depuis quelques jours maintenant. Comme tu n'en as pas même vu les fondations, il faut que je revienne sur les quelques épisodes qui ont précédé.

Mais, tout d'abord, je dois te faire part d'une rencontre inopinée. Imagine-toi qu'il y a peu, au hasard d'une soirée, je suis tombé sur mon analyste. Le choc a été violent. Notre hôte nous a présenté l'un à l'autre. « Vous vous connaissez ? » a-t-il demandé. J'ai sursauté en entendant son nom. J'ai répondu sans réfléchir : « Lui, me connaît. Il m'a entendu sur son divan pendant sept ans, deux fois par semaine. » Il m'a tendu la main en souriant. J'ai enchaîné : « La dernière fois que nous nous sommes vus, il y a plus de vingt ans, je vous ai annoncé que j'arrêtais, parce que je considérais que c'était fini. Vous m'avez affirmé que j'avais tort, que je ne devrais pas m'interrompre là. Que le travail n'était pas terminé. J'ai tenu bon. Je ne suis jamais revenu vous voir. » À ce moment-là, celui qui m'avait froidement analysé s'est mis à me tutoyer : « Quand je vois ce que tu es devenu, je me dis que c'est toi qui avais raison. » Cette familiarité m'a estomaqué. Depuis vingt ans, je me disais que j'y retournerais peut-être un jour. Il me signifiait donc ainsi qu'aucun retour sur son divan n'était possible. J'ai pensé à la colère que le début de mon analyse avait provoquée chez toi. Ce fut notre seule querelle. J'étais mineur. Je voulais devenir psychanalyste. Il fallait que je commence une analyse sans attendre. Je ne sais plus comment tu avais trouvé les coordonnées de l'analyste. Mais, sans m'en avertir, tu étais allé le voir, lui faisant part de ton hostilité vis-à-vis de ma démarche et de la psychanalyse en général. J'avais dû menacer de quitter la maison le jour même de mes 18 ans – je n'avais plus l'âge de me rouler par terre dans la rue, mais cela revenait à peu près au même – si mes parents m'interdisaient l'analyse. J'avais donné des leçons de maths pour pouvoir payer mes séances. Et j'ai continué sept ans. Nous n'en avons plus jamais reparlé, comme si ce sujet n'existait pas.

Excuse-moi pour cette digression : ce n'est pas pour cela que je t'écris. J'ai tort d'ailleurs de t'ennuyer avec cela. Pourquoi, au moment où je t'écris pour la première fois depuis ta mort, dois-je rappeler le seul point de désaccord que nous ayons eu ?

(Si j'envoie cette lettre, peut-être vaut-il mieux que j'enlève ce prologue et que j'aille directement au but.)

C'est la première fois que je me sens en mesure de répondre à ta lettre du 23 juillet 1986. J'imagine que tu te souviens de ce que tu m'avais écrit alors. Encore que cette lettre avait peut-être moins d'importance à tes yeux qu'elle n'en a eue aux miens. Je l'ai gardée en permanence avec moi. Tu m'y mettais en garde, tout en exprimant ta confiance.

Quand tu me l'as adressée, je m'apprêtais à partir au service militaire. J'avais été affecté dans la marine et je devais rejoindre les fusiliers marins. J'exprimais ma colère à l'idée qu'on allait me voler un an de ma vie. Tu te moquais de moi. Tu voyais dans mon attitude du mépris. Tu m'avais dit : « Partir dans la marine, ce n'est peut-être pas très reluisant, mais c'est moins idiot que d'être porte-serviettes d'un ambassadeur. »

Tu ne sais pas que vingt-cinq ans plus tard, j'ai été à l'origine d'un service civique dans lequel certains voient renaître le service militaire. Je suis sûr que cela t'aurait amusé. Je devine d'ici ton sourire ironique : « Alors, ce n'était pas si mal que ça, la marine ? » Ce que j'aime justement dans le service civique, c'est qu'il échappe à toute classification. Les nostalgiques du service militaire s'y retrouvent aussi bien que les tenants de l'objection de conscience. Et je prends garde à ne détromper ni les uns ni les autres. J'ai dû batailler au Parlement contre ceux qui voulaient le rendre obligatoire. Qu'en aurais-tu pensé toi-même ? L'obligation était défendue tant à gauche qu'à droite. Le creuset républicain était l'argument brandi par les députés de gauche, l'apprentissage de la discipline et du respect par les parlementaires de droite. Certains arguments n'étaient du reste pas dénués d'intérêt : si le service civique reste volontaire, il ne touchera pas ceux qui en ont le plus besoin. Il n'attirera que ceux qui ont déjà hérité la fibre de l'engagement. Tiens, tiens. Il est vrai que si le service militaire n'avait pas été obligatoire, je n'aurais jamais traîné mes guêtres à Lorient avec les fusiliers marins. En ce qui concerne le service civique, j'étais farouchement hostile à l'obligation. D'abord, je trouvais obscène, alors que le chômage des jeunes était si important, de leur dire : « La société n'est pas capable de vous intégrer dans l'emploi, mais elle va vous obliger à donner un an de votre vie pour elle. » Ensuite, il me semblait évident que si le service civique était obligatoire pour tous les jeunes – sept cent cinquante mille par classe d'âge –, on ne leur confierait que des tâches sans intérêt. Qui serait capable de leur trouver sept cent cinquante mille missions intéressantes ? Il faudrait réinventer le balayage des casernes sans caserne… De toute manière, la messe était dite, si je puis m'exprimer ainsi : le débat était en grande partie théorique. L'État n'avait pas les moyens de financer un service civique obligatoire, qui aurait coûté des milliards. Nous avons déjà eu suffisamment de mal à arracher les millions nécessaires à un service civique volontaire et nous n'avons pas encore un budget suffisant pour concerner 10 % d'une classe d'âge.

C'est là que j'en viens à ma « ville nouvelle ». Dès le démarrage du service civique, j'ai eu l'idée de créer, à mon tour, une grande école. Une grande école très particulière. Pour y accéder, la classe préparatoire, c'est l'engagement. Seuls ceux et celles qui ont accompli un service civique peuvent postuler pour entrer à l'Institut du service civique. Le principe est simple. Nous détectons des jeunes particulièrement motivés, ayant des projets originaux, ayant apporté la preuve de la valeur de leur engagement, et nous leur ouvrons des portes. Les portes des « vraies » grandes écoles, celles des entreprises ou des financements pour créer un projet. Et imagine-toi que j'ai embauché une ingénieur des Ponts pour monter ce projet. Une fille qui a été élève à l'école la dernière année où tu l'as dirigée. Elle est même passée par le Collège des ingénieurs, ton dernier-né.

C'est amusant, parce que ce n'est qu'à présent que je

réalise que l'institut, c'est un peu ma « ville nouvelle ». J'y ai mis beaucoup de ce que j'aime et de ce que tu m'as légué. J'ai parfois l'impression d'être bâtisseur de ponts sans être ingénieur, de faire des plans sans être urbaniste.

Dans l'institut, nous réalisons notre « mixité ». Tu te rappelles certainement la période où tu avais essayé de faire cohabiter dans les mêmes immeubles du centre de Cergy les ouvriers qui construisaient la ville nouvelle et les étudiants de l'Essec. C'était ta conception de la mixité sociale, au moment où le concept n'était pas encore à la mode. Tu rêvais de ces réunions de paliers où les ouvriers immigrés fraieraient avec leurs voisins étudiants bourgeois ayant les moyens de s'offrir l'Essec. Dans l'institut, nous mélangeons des lauréats qui ont raté leur CAP avec ceux qui ont obtenu un master 2 ! Certains ont déjà fait le tour du monde, d'autres ne sont quasiment jamais venus à Paris, depuis leur province natale.

Et d'ici quelques années, j'espère que l'Institut du service civique sera européen, comme un clin d'œil à mon grand-père et à son Institut universitaire européen de Florence. Parfois, je m'amuse à constater combien je reproduis ce que vous avez fait ! J'ai l'impression de vous rendre hommage en permanence et de tenter de prolonger, j'espère sans les travestir ni trop les trahir, vos idéaux et vos méthodes. Pour plus de sécurité, j'ai même pris comme mot de passe pour mon ordinateur « Étienne Bernard ». J'aime penser à cette incroyable complicité qui a fait que, sans vous passer le mot, ton père a pris ton prénom comme pseudonyme à Londres quand toi tu as choisi le sien dans la Résistance. Commandant Bernard et soldat Étienne. Ni l'un ni l'autre ne m'avez raconté quelle a été votre réaction quand vous

vous en êtes rendu compte, lors de vos retrouvailles d'après-guerre. Du coup, je déverrouille mon ordinateur en tapant « Étiennebernard », c'est un peu long comme mot de passe, mais chaque fois, j'ai l'impression de poursuivre votre travail.

Pour me guider, je lis aussi de temps en temps *L'Invention d'une ville nouvelle*. Je m'aperçois que tu ne sais même pas que ton livre a été publié ! J'ignore si telle était ta volonté mais notre mère a veillé au moindre détail. Elle a passé un temps fou à l'éditer. Elle a enlevé les portraits peu flatteurs que tu faisais de tous les lâches qui ont mis des bâtons dans les roues de la ville nouvelle. Elle ne voulait blesser personne. Elle ne voulait pas non plus que l'on puisse penser que tu nourrissais la moindre rancune. Elle l'a fait avec une minutie extraordinaire. Elle a tenu à ce que le livre soit publié aux Presses de l'École nationale des ponts et chaussées. J'ignore qui a trouvé le titre, mais le sous-titre est bien celui que tu avais choisi, *Oublier Cergy*...

En créant l'institut, j'ai souvent repensé à la manière dont tu me préparais aux concours. J'ai voulu que ceux ou celles qui n'avaient personne pour remplir ce rôle puissent accéder à l'institut sans en être pénalisés.

Un détail m'a surpris, mais, après tout, peut-être que ce que je réalise est d'une banalité confondante. Dans les dossiers de candidature pour l'institut nous avons introduit parmi les questions l'évocation d'une personnalité marquante aux yeux des candidats. Je m'attendais à voir surgir des Gandhi, des abbé Pierre, des Zidane, des professeurs. Or, très souvent, et c'est touchant, ils ne mentionnent que leurs parents, ou plutôt leurs papas et leurs mamans. « La personne qui m'a marqué c'est ma maman que j'ai vue travailler dur, ma maman qui s'est sacrifiée, mon papa auquel rien n'a été dû. » Il y a quelque chose d'assez naïf dans cet aveu. J'imagine que si quelqu'un les avait aidés à faire leur dossier, ces références auraient disparu au profit de personnages publics emblématiques. Et puis j'ai réalisé que je faisais la même chose aujourd'hui. Que ce livre, c'était un peu mon dossier de candidature. Et que je le faisais presque avec plus d'impudeur. Et encore plus de naïveté, en t'écrivant cette lettre que tu ne liras malheureusement jamais.

En fin de compte, tu avais raison. La marine, comme tu disais, ça n'avait peut-être rien de reluisant, mais ça m'a sacrément fait du bien.

Je t'embrasse,
Martin

Dénouement

Il était tard. La nuit était avancée. Cela devait être la cinquième fois que j'enclenchais les *Variations Goldberg*. J'avais beaucoup écrit. J'étais sinon satisfait, du moins soulagé. J'avais laissé le vagabondage opérer librement. Comme si j'avais traversé la rivière du temps sur les pierres d'un gué. Autant d'appuis sur lesquels reposait mon engagement. À chaque pas, j'avais retrouvé une pièce d'un puzzle dont je voyais désormais le dessin général. Il manquait toujours la pièce principale… Soudain, je me suis levé, tel un automate. J'ai ouvert machinalement mon cartable. J'ai enfoui ma main dans la poche intérieure, derrière le rabat. Mes doigts ont senti un papier un peu froissé. Une enveloppe. Elle était là. Elle ne m'avait jamais quitté. Elle m'avait juste joué un tour. Mon inconscient avait effacé temporairement la cachette où elle se nichait. Le lieu le plus logique, le plus sûr, le plus rationnel. Le seul endroit où je ne l'avais pas cherchée. Comme s'il m'avait fallu travailler des mois entiers pour la reconquérir. Elle était intacte. J'ai déplié la lettre retrouvée.

La lettre retrouvée

23 juillet

Mon cher Martin,

Je n'ai pas eu le temps de te dire, à tête reposée, ce que je pensais de ta nouvelle orientation. Je me réjouis que tu sois reçu à l'ENA, et je suis sûr que tu feras le meilleur usage de cette nouvelle référence ajoutée à ton curriculum vitæ. Je ne le dirais pas si je ne te connaissais pas au fond et si je ne savais pas que, loin d'être inconstant dans tes choix, tu sais tirer le meilleur parti de chacune de tes formations. Tu évites le piège de la superficialité et dans chacune de tes spécialités tu peux rivaliser avec les meilleurs.

Maintenant, avec l'ENA, il faut que tu te protèges contre certaines tentations et contre beaucoup de facilités. Tu t'aperçois déjà, avec ton service militaire, que toutes les portes peuvent s'ouvrir et que tu entres dans une caste où l'on se serre les coudes. Le plus dangereux, à cet égard, est le stage en préfecture, où sans rien avoir appris tu auras l'illusion du pouvoir et, effectivement, tu exerceras des pouvoirs et tu verras beaucoup de gens te faire des courbettes. C'est là l'un des dangers de l'ENA, croire que l'on est quelqu'un alors que l'on n'est rien. (L'ENA n'est pas une école où l'on apprend.) Le second c'est que la quasi-totalité des débouchés normaux de l'ENA n'ont guère d'intérêt. Mais là je suis moins inquiet et je sais que tu sauras t'en sortir. Inspecter les finances, contrôler les comptes, couper administrativement les cheveux en quatre, faire des ronds de jambe dans une ambassade, ou porter une casquette de préfet, il n'y a là rien qui puisse meubler une vie. En revanche, c'est un marchepied extraordinaire pour faire autre chose, qui peut alors être très intéressant. À condition de ne pas être déformé. Et tu t'apercevras que le cercle des énarques est un univers fermé. Sans s'en rendre compte, on finit par croire que c'est un univers complet. À condition aussi de ne pas attraper cette maladie contagieuse, la suffisance. Mais là aussi je te fais confiance. Et il ne faut pas oublier cette maxime de Jean Monnet : « Dans la vie il faut choisir : faire quelque chose ou être quelqu'un. » Alors, alors... être au cabinet pour rédiger les discours d'un ministre, c'est grisant, cela peut être amusant, mais cela peut être frustrant. Et peut-être que la marine, c'est moins reluisant, mais...

Je t'embrasse,
BH

Remerciements

Je remercie du fond du cœur Jean-Marc Roberts. En lui racontant ce qu'avait déclenché la perte de la lettre, j'ignorais qu'il me convaincrait d'oser en faire un livre. Je ne me serais pas hasardé dans cette délicate entreprise si je n'avais pas pris son invitation comme une preuve d'amitié. À l'instar des personnages qui jalonnent ces pages, lui aussi sait susciter une belle forme d'engagement. Qu'il trouve ici l'expression de ma sincère reconnaissance.

Merci à Capucine Ruat qui a accompagné, avec talent, finesse et bienveillance, le cheminement qui a conduit à ce livre. Ses suggestions ont toujours été judicieuses et ses encouragements précieux. Je lui en suis redevable.

« Où l'on s'attarde sur la splendeur des *Misérables* » est largement inspiré d'un texte que j'ai publié dans un hors-série du *Monde*, « Victor Hugo, l'élu du peuple », à l'occasion des cent cinquante ans de la publication des *Misérables*.

« Où l'évanouissement tient lieu d'apprentissage » est la reprise de la contribution que François Bernheim Le Cœur avait eu la gentillesse de me demander pour l'ouvrage familial consacré à « Pol et Raymonde » en 2012.

Je me suis référé à deux livres, dont on comprendra qu'ils me sont chers et dont je ne peux que recommander la lecture :

Ainsi va la vie, d'Étienne Hirsch, publié en 1988 par le Centre de recherche européenne de la fondation Jean-Monnet à Lausanne.

Oublier Cergy... L'invention d'une ville nouvelle, de Bernard Hirsch, publié en 1990 par les Presses de l'École nationale des ponts et chaussées.

L'épisode du tir raté est extrait d'un livre de Raymond Muelle, *Le 1er Bataillon de choc*, publié en 1977 aux Presses de la Cité.

Tous les personnages qui figurent dans cet ouvrage sont réels. Je me suis efforcé de restituer dans ces pages ce qu'ils m'avaient apporté. Ce que j'en dis ici n'engage que moi. Leur vie, leur action ne sauraient se réduire à la perception qui est la mienne, forcément partielle, bien évidemment teintée d'une forte subjectivité, peut-être déformée par le temps. J'espère que celles et ceux qui les ont connus et qui leur doivent certainement autant que moi ne m'en tiendront pas rigueur.

TABLE

DU MÊME AUTEUR

Les Enjeux de la protection sociale
LGDJ Montchrestien, 1994

L'Affolante Histoire de la vache folle
(avec Philippe Baralon et Florence Noiville)
Balland, 1996

Ces peurs qui nous gouvernent
Sécurité sanitaire : faut-il craindre la transparence ?
Albin Michel, 2002

Manifeste contre la pauvreté
[Emmaüs]
(avec Jérôme Cordelier)
Oh ! Éditions, 2004

La Nouvelle Équation sociale
[commission familles, vulnérabilité, pauvreté]
La Documentation française, 2005

La Pauvreté en héritage
2 millions d'enfants pauvres en France
(avec Sylvaine Villeneuve)
Robert Laffont, 2006

Code des droits contre l'exclusion
(avec Denis Chemla)
Dalloz, 2006

La Chômarde et le haut commissaire
(avec Gwen Rosière)
Oh ! Éditions, 2008

50 droits des ados
(avec Ivana Djordjevic)
Dalloz, 2010

Secrets de fabrication
Chroniques d'une politique expérimentale
Grasset, 2010

Pour en finir avec les conflits d'intérêt
Stock, 2010
et « Pluriel », 2011

Sécu : objectif monde
Le défi universel de la protection sociale
Stock, 2011

L'Abbé Pierre : « Mes amis, au secours ! »
(avec Laurent Desmard)
Gallimard, « Découvertes », 2012

Cela devient cher d'être pauvre
Stock, 2013
et « Points », 2014

RÉALISATION : NORD COMPO MULTIMÉDIA À VILLENEUVE-D'ASCQ
IMPRESSION : CPI BRODARD ET TAUPIN À LA FLÈCHE
DÉPÔT LÉGAL : JUIN 2014. N° 114208 (3004860)
IMPRIMÉ EN FRANCE

Éditions Points

Le catalogue complet de nos collections est sur Le Cercle Points, ainsi que des interviews de vos auteurs préférés, des jeux-concours, des conseils de lecture, des extraits en avant-première…

www.lecerclepoints.com

DERNIERS TITRES PARUS

P3014. Kill kill faster faster, *Joel Rose*
P3015. La Peau de l'autre, *David Carkeet*
P3016. La Reine des Cipayes, *Catherine Clément*
P3017. Job, roman d'un homme simple, *Joseph Roth*
P3018. Espèce de savon à culotte ! et autres injures d'antan *Catherine Guennec*
P3019. Les mots que j'aime et quelques autres… *Jean-Michel Ribes*
P3020. Le Cercle Octobre, *Robert Littell*
P3021. Les Lunes de Jupiter, *Alice Munro*
P3022. Journal (1973-1982), *Joyce Carol Oates*
P3023. Le Musée du Dr Moses, *Joyce Carol Oates*
P3024. Avant la dernière ligne droite, *Patrice Franceschi*
P3025. Boréal, *Paul-Émile Victor*
P3026. Dernières nouvelles du Sud *Luis Sepúlveda, Daniel Mordzinski*
P3027. L'Aventure, pour quoi faire ?, *collectif*
P3028. La Muraille de lave, *Arnaldur Indridason*
P3029. L'Invisible, *Robert Pobi*
P3030. L'Attente de l'aube, *William Boyd*
P3031. Le Mur, le Kabyle et le marin, *Antonin Varenne*
P3032. Emily, *Stewart O'Nan*
P3033. Les oranges ne sont pas les seuls fruits *Jeanette Winterson*
P3034. Le Sexe des cerises, *Jeanette Winterson*
P3035. À la trace, *Deon Meyer*
P3036. Comment devenir écrivain quand on vient de la grande plouquerie internationale, *Caryl Férey*
P3037. Doña Isabel (ou la véridique et très mystérieuse histoire d'une Créole perdue dans la forêt des Amazones) *Christel Mouchard*
P3038. Psychose, *Robert Bloch*

P3039. Équatoria, *Patrick Deville*
P3040. Moi, la fille qui plongeait dans le cœur du monde
Sabina Berman
P3041. L'Abandon, *Peter Rock*
P3042. Allmen et le diamant rose, *Martin Suter*
P3043. Sur le fil du rasoir, *Oliver Harris*
P3044. Que vont devenir les grenouilles ?, *Lorrie Moore*
P3045. Quelque chose en nous de Michel Berger
Yves Bigot
P3046. Elizabeth II. Dans l'intimité du règne, *Isabelle Rivère*
P3047. Confession d'un tueur à gages, *Ma Xiaoquan*
P3048. La Chute. Le mystère Léviathan (tome 1), *Lionel Davoust*
P3049. Tout seul. Souvenirs, *Raymond Domenech*
P3050. L'homme naît grâce au cri, *Claude Vigée*
P3051. L'Empreinte des morts, *C.J. Box*
P3052. Qui a tué l'ayatollah Kanuni ?, *Naïri Nahapétian*
P3053. Cyber China, *Qiu Xiaolong*
P3054. Chamamé, *Leonardo Oyola*
P3055. Anquetil tout seul, *Paul Fournel*
P3056. Marcus, *Pierre Chazal*
P3057. Les Sœurs Brelan, *François Vallejo*
P3058. L'Espionne de Tanger, *María Dueñas*
P3059. Mick. Sex and rock'n'roll, *Christopher Andersen*
P3060. Ta carrière est fi-nie !, *Zoé Shepard*
P3061. Invitation à un assassinat, *Carmen Posadas*
P3062. L'Envers du miroir, *Jennifer Egan*
P3063. Dictionnaire ouvert jusqu'à 22 heures
Académie Alphonse Allais
P3064. Encore un mot. Billets du Figaro, *Étienne de Montety*
P3065. Frissons d'assises. L'instant où le procès bascule
Stéphane Durand-Souffland
P3066. Y revenir, *Dominique Ané*
P3067. J'ai épousé Johnny à Notre-Dame-de-Sion
Fariba Hachtroudi
P3068. Un concours de circonstances, *Amy Waldman*
P3069. La Pointe du couteau, *Gérard Chaliand*
P3070. Lila, *Robert M. Pirsig*
P3071. Les Amoureux de Sylvia, *Elizabeth Gaskell*
P3072. Cet été-là, *William Trevor*
P3073. Lucy, *William Trevor*
P3074. Diam's. Autobiographie, *Mélanie Georgiades*
P3075. Pourquoi être heureux quand on peut être normal ?
Jeanette Winterson
P3076. Qu'avons-nous fait de nos rêves ?, *Jennifer Egan*

P3077. Le Terroriste noir, *Tierno Monénembo*
P3078. Féerie générale, *Emmanuelle Pireyre*
P3079. Une partie de chasse, *Agnès Desarthe*
P3080. La Table des autres, *Michael Ondaatje*
P3081. Lame de fond, *Linda Lê*
P3082. Que nos vies aient l'air d'un film parfait, *Carole Fives*
P3083. Skinheads, *John King*
P3084. Le bruit des choses qui tombent, *Juan Gabriel Vásquez*
P3085. Quel trésor !, *Gaspard-Marie Janvier*
P3086. Rêves oubliés, *Léonor de Récondo*
P3087. Le Valet de peinture, *Jean-Daniel Baltassat*
P3088. L'État au régime. Gaspiller moins pour dépenser mieux *René Dosière*
P3089. Refondons l'école. Pour l'avenir de nos enfants *Vincent Peillon*
P3090. Vagabond de la bonne nouvelle, *Guy Gilbert*
P3091. Les Joyaux du paradis, *Donna Leon*
P3092. La Ville des serpents d'eau, *Brigitte Aubert*
P3093. Celle qui devait mourir, *Laura Lippman*
P3094. La Demeure éternelle, *William Gay*
P3095. Adulte ? Jamais. Une anthologie (1941-1953) *Pier Paolo Pasolini*
P3096. Le Livre du désir. Poèmes, *Leonard Cohen*
P3097. Autobiographie des objets, *François Bon*
P3098. L'Inconscience, *Thierry Hesse*
P3099. Les Vitamines du bonheur, *Raymond Carver*
P3100. Les Trois Roses jaunes, *Raymond Carver*
P3101. Le Monde à l'endroit, *Ron Rash*
P3102. Relevé de terre, *José Saramago*
P3103. Le Dernier Lapon, *Olivier Truc*
P3104. Cool, *Don Winslow*
P3105. Les Hauts-Quartiers, *Paul Gadenne*
P3106. Histoires pragoises, *suivi de* Le Testament *Rainer Maria Rilke*
P3107. Œuvres pré-posthumes, *Robert Musil*
P3108. Anti-manuel d'orthographe. Éviter les fautes par la logique, *Pascal Bouchard*
P3109. Génération CV, *Jonathan Curiel*
P3110. Ce jour-là. Au cœur du commando qui a tué Ben Laden *Mark Owen et Kevin Maurer*
P3111. Une autobiographie, *Neil Young*
P3112. Conséquences, *Darren William*
P3113. Snuff, *Chuck Palahniuk*
P3114. Une femme avec personne dedans, *Chloé Delaume*
P3115. Meurtre au Comité central, *Manuel Vázquez Montalbán*
P3116. Radeau, *Antoine Choplin*

P3117. Les Patriarches, *Anne Berest*
P3118. La Blonde et le Bunker, *Jakuta Alikavazovic*
P3119. La Contrée immobile, *Tom Drury*
P3120. Peste & Choléra, *Patrick Deville*
P3121. Le Veau *suivi de* Le Coureur de fond, *Mo Yan*
P3122. Quarante et un coups de canon, *Mo Yan*
P3123. Liquidations à la grecque, *Petros Markaris*
P3124. Baltimore, *David Simon*
P3125. Je sais qui tu es, *Yrsa Sigurdardóttir*
P3126. Le Regard du singe
Gérard Chaliand, Patrice Franceschi, Sophie Mousset
P3127. Journal d'un mythomane. Vol. 2 : Une année particulière
Nicolas Bedos
P3128. Autobiographie d'un menteur, *Graham Chapman*
P3129. L'Humour des femmes, *The New Yorker*
P3130. La Reine Alice, *Lydia Flem*
P3131. Vies cruelles, *Lorrie Moore*
P3132. La Fin de l'exil, *Henry Roth*
P3133. Requiem pour Harlem, *Henry Roth*
P3134. Les mots que j'aime, *Philippe Delerm*
P3135. Petit Inventaire des plaisirs belges, *Philippe Genion*
P3136. La faute d'orthographe est ma langue maternelle
Daniel Picouly
P3137. Tombé hors du temps, *David Grossman*
P3138. Petit oiseau du ciel, *Joyce Carol Oates*
P3139. Alcools (illustrations de Ludovic Debeurme)
Guillaume Apollinaire
P3140. Pour une terre possible, *Jean Sénac*
P3141. Le Baiser de Judas, *Anna Grue*
P3142. L'Ange du matin, *Arni Thorarinsson*
P3143. Le Murmure de l'ogre, *Valentin Musso*
P3144. Disparitions, *Natsuo Kirino*
P3145. Le Pont des assassins, *Arturo Pérez-Reverte*
P3146. La Dactylographe de Mr James, *Michiel Heyns*
P3147. Télex de Cuba, *Rachel Kushner*
P3148. Promenades avec les hommes, *Ann Beattie*
P3149. Le Roi Lézard, *Dominique Sylvain*
P3150. Scènes de la vie quotidienne à l'Élysée, *Camille Pascal*
P3151. Je ne t'ai pas vu hier dans Babylone
António Lobo Antunes
P3152. Le Condottière, *Georges Perec*
P3153. La Circassienne, *Guillemette de Sairigné*
P3154. Au pays du cerf blanc, *Chen Zhongshi*
P3155. Juste pour le plaisir, *Mercedes Deambrosis*
P3156. Trop près du bord, *Pascal Garnier*

P3157. Seuls les morts ne rêvent pas.
La Trilogie du Minnesota, vol. 2, *Vidar Sundstøl*
P3158. Le Trouveur de feu, *Henri Gougaud*
P3159. Ce soir, après la guerre, *Viviane Forrester*
P3160. La semaine où Jérôme Kerviel a failli faire sauter le système financier mondial. Journal intime d'un banquier, *Hugues Le Bret*
P3161. La Faille souterraine. Et autres enquêtes *Henning Mankell*
P3162. Les deux premières enquêtes cultes de Wallander : Meurtriers sans visage & Les Chiens de Riga *Henning Mankell*
P3163. Brunetti et le mauvais augure, *Donna Leon*
P3164. La Cinquième Saison, *Mons Kallentoft*
P3165. Les Nouvelles Enquêtes du Juge Ti : Panique sur la Grande Muraille & Le Mystère du jardin chinois, *Frédéric Lenormand*
P3166. Rouge est le sang, *Sam Millar*
P3167. L'Énigme de Flatey, *Viktor Arnar Ingólfsson*
P3168. Goldstein, *Volker Kutscher*
P3169. Mémoire assassine, *Thomas H. Cook*
P3170. Le Collier de la colombe, *Raja Alem*
P3171. Le Sang des maudits, *Leighton Gage*
P3172. La Maison des absents, *Tana French*
P3173. Le roi n'a pas sommeil, *Cécile Coulon*
P3174. Rentrez chez vous Bogner, *Heinrich Böll*
P3175. La Symphonie des spectres, *John Gardner*
P3176. À l'ombre du mont Nickel, *John Gardner*
P3177. Une femme aimée, *Andreï Makine*
P3178. La Nuit tombée, *Antoine Choplin*
P3179. Richard W., *Vincent Borel*
P3180. Moi, Clea Shine, *Carolyn D. Wall*
P3181. En ville, *Christian Oster*
P3182. Apprendre à prier à l'ère de la technique *Gonçalo M. Tavares*
P3183. Vies pøtentielles, *Camille de Toledo*
P3184. De l'amour. *Textes* tendrement *choisis par Elsa Delachair*
P3185. La Rencontre. *Textes* amoureusement *choisis par Elsa Delachair*
P3186. La Vie à deux. *Textes* passionnément *choisis par Elsa Delachair*
P3187. Le Chagrin d'amour. *Textes* rageusement *choisis par Elsa Delachair*
P3188. Le Meilleur des jours, *Yassaman Montazami*

P3189. L'Apiculture selon Samuel Beckett, *Martin Page*
P3190. L'Affaire Cahuzac. En bloc et en détail, *Fabrice Arfi*
P3191. Vous êtes riche sans le savoir
Philippe Colin-Olivier et Laurence Mouillefarine
P3192. La Mort suspendue, *Joe Simpson*
P3193. Portrait de l'aventurier, *Roger Stéphane*
P3194. La Singulière Tristesse du gâteau au citron, *Aimee Bender*
P3195. La Piste mongole, *Christian Garcin*
P3196. Régime sec, *Dan Fante*
P3197. Bons baisers de la grosse barmaid.
Poèmes d'extase et d'alcool, *Dan Fante*
P3198. Karoo, *Steve Tesich*
P3199. Une faiblesse de Carlotta Delmont, *Fanny Chiarello*
P3200. La Guerre des saints, *Michela Murgia*
P3201. DRH, le livre noir, *Jean-François Amadieu*
P3202. L'homme à quel prix ?, *Cardinal Roger Etchegaray*
P3203. Lumières de Pointe-Noire, *Alain Mabanckou*
P3204. Ciel mon moujik ! Et si vous parliez russe sans le savoir ?
Sylvain Tesson
P3205. Les mots ont un sexe. Pourquoi « marmotte »
n'est pas le féminin de « marmot »,
et autres curiosités de genre, *Marina Yaguello*
P3206. L'Intégrale des haïkus, *Bashō*
P3207. Le Droit de savoir, *Edwy Plenel*
P3208. Jungle Blues, *Roméo Langlois*
P3209. Exercice d'abandon, *Catherine Guillebaud*
P3210. Le Roman de Bergen. 1999 Le crépuscule – tome V
Gunnar Staalesen
P3211. Le Roman de Bergen. 1999 Le crépuscule – tome VI
Gunnar Staalesen
P3212. Amie de ma jeunesse, *Alice Munro*
P3213. Le Roman du mariage, *Jeffrey Eugenides*
P3214. Les baleines se baignent nues, *Eric Gethers*
P3215. Shakespeare n'a jamais fait ça, *Charles Bukowski*
P3216. Ces femmes qui ont réveillé la France
Valérie Bochenek, Jean-Louis Debré
P3217. Poèmes humains, *César Vallejo*
P3218. Mantra, *Rodrigo Fresán*
P3219. Guerre sale, *Dominique Sylvain*
P3220. Arab Jazz, *Karim Miske*
P3221. Du son sur les murs, *Frantz Delplanque*
P3222. 400 coups de ciseaux et autres histoires, *Thierry Jonquet*
P3223. Brèves de noir
P3224. Les Eaux tumultueuses, *Aharon Appelfeld*
P3225. Le Grand Chambard, *Mo Yan*

P3226. L'Envers du monde, *Thomas B. Reverdy*
P3227. Comment je me suis séparée de ma fille et de mon quasi-fils, *Lydia Flem*
P3228. Avant la fin du monde, *Boris Akounine*
P3229. Au fond de ton cœur, *Torsten Pettersson*
P3230. Je vais passer pour un vieux con. Et autres petites phrases qui en disent long, *Philippe Delerm*
P3231. Chienne de langue française ! Répertoire tendrement agacé des bizarreries du français, *Fabian Bouleau*
P3232. 24 jours, *Ruth Halimi et Émilie Frèche*
P3233. Aventures en Guyane. Journal d'un explorateur disparu *Raymond Maufrais*
P3234. Une belle saloperie, *Robert Littell*
P3235. Fin de course, *C.J. Box*
P3236. Corbeaux. La Trilogie du Minnesota, vol. 3 *Vidar Sundstøl*
P3237. Le Temps, le temps, *Martin Suter*
P3238. Nouvelles du New Yorker, *Ann Beattie*
P3239. L'Embellie, *Audur Ava Ólafsdóttir*
P3240. Boy, *Takeshi Kitano*
P3241. L'Enfance des criminels, *Agnès Grossmann*
P3242. Police scientifique : la révolution. Les vrais experts parlent, *Jacques Pradel*
P3243. Femmes serials killers. Pourquoi les femmes tuent ?, *Peter Vronsky*
P3244. L'Histoire interdite. Révélations sur l'Histoire de France, *Franck Ferrand*
P3245. De l'art de mal s'habiller sans le savoir *Marc Beaugé (illustrations de Bob London)*
P3246. Un homme loyal, *Glenn Taylor*
P3247. Rouge de Paris, *Jean-Paul Desprat*
P3248. Parmi les disparus, *Dan Chaon*
P3249. Le Mystérieux Mr Kidder, *Joyce Carol Oates*
P3250. Poèmes de poilus. Anthologie de poèmes français, anglais, allemands, italiens, russes (1914-1918)
P3251. Étranges Rivages, *Arnaldur Indridason*
P3252. La Grâce des brigands, *Véronique Ovaldé*
P3253. Un passé en noir et blanc, *Michiel Heyns*
P3254. Anagrammes, *Lorrie Moore*
P3255. Les Joueurs, *Stewart O'Nan*
P3256. Embrouille en Provence, *Peter Mayle*
P3257. Parce que tu me plais, *Fabien Prade*
P3258. L'Impossible Miss Ella, *Toni Jordan*
P3259. La Politique du tumulte, *François Médéline*
P3260. La Douceur de la vie, *Paulus Hochgatterer*

P3261. Niceville, *Carsten Stroud*
P3262. Les Jours de l'arc-en-ciel, *Antonio Skarmeta*
P3263. Chronic City, *Jonathan Lethem*
P3264. À moi seul bien des personnages, *John Irving*
P3265. Galaxie foot. Dictionnaire rock, historique et politique du football, *Hubert Artus*
P3266. Patients, *Grand Corps Malade*
P3267. Les Tricheurs, *Jonathan Kellerman*
P3268. Dernier refrain à Ispahan, *Naïri Nahapétian*
P3269. Jamais vue, *Alafair Burke*
P3270. Homeland. La traque, *Andrew Kaplan*
P3271. Les Mots croisés du journal «Le Monde». 80 grilles *Philippe Dupuis*
P3272. Comment j'ai appris à lire, *Agnès Desarthe*
P3273. La Grande Embrouille, *Eduardo Mendoza*
P3274. Sauf miracle, bien sûr, *Thierry Bizot*
P3275. L'Excellence de nos aînés, *Ivy Compton-Burnett*
P3276. Le Docteur Thorne, *Anthony Trolloppe*
P3277. Le Colonel des Zouaves, *Olivier Cadiot*
P3278. Un privé à Tanger, *Emmanuel Hocquard*
P3279. Kind of blue, *Miles Corwin*
P3280. La fille qui avait de la neige dans les cheveux *Ninni Schulman*
P3281. L'Archipel du Goulag, *Alexandre Soljénitsyne*
P3282. Moi, Giuseppina Verdi, *Karine Micard*
P3283. Les oies sauvages meurent à Mexico, *Patrick Mahé*
P3284. Le Pont invisible, *Julie Orringer*
P3285. Brèves de copies de bac
P3286. Trop de bonheur, *Alice Munro*
P3287. La Parade des anges, *Jennifer Egan*
P3288. Et mes secrets aussi, *Line Renaud*
P3289. La Lettre perdue, *Martin Hirsch*
P3290. Mes vies d'aventures. L'homme de la mer Rouge *Henry de Monfreid*
P3291. Cruelle est la terre des frontières. Rencontre insolite en Extrême-Orient, *Michel Jan*
P3292. Madame George, *Noëlle Chatelet*
P3293. Contrecoup, *Rachel Cusk*
P3294. L'Homme de Verdigi, *Patrice Franceschi*
P3295. Sept pépins de grenade, *Jane Bradley*
P3296. À qui se fier?, *Peter Spiegelman*
P3297. Dernière conversation avec Lola Faye, *Thomas H. Cook*
P3298. Écoute-moi, Amirbar, *Alvaro Mutis*
P3299. Fin de cycle. Autopsie d'un système corrompu *Pierre Ballester*